Kaltblütige Steinböcke

In der Reihe Eichborn. *Astrokrimis*
sind 12 Bände erschienen:

Tödliche Widder
Erbarmungslose Stiere
Gefährliche Zwillinge
Tückische Krebse
Mörderische Löwen
Eiskalte Jungfrauen
Rätselhafte Waagen
Mysteriöse Skorpione
Geheimnisvolle Schützen
Kaltblütige Steinböcke
Dunkle Wassermänner
Skrupellose Fische

Kaltblütige *Steinböcke*

Mit Geschichten von:
Gunter Gerlach
Almuth Heuner
Robert Brack
Amanda Cross
Edith Kneifl
Frank Goyke

Eichborn.

Die Reihe Eichborn. *Astrokrimis*
wird herausgegeben von

Thea Dorn
Uta Glaubitz und
Lisa Kuppler

Gesamtlektorat: Oliver Thomas Domzalski

Die Deutsche Bibliothek – CIP-Einheitsaufnahme

Kaltblütige Steinböcke / Hrsg.: Thea Dorn. – Frankfurt am Main :
Eichborn, 2000
(Eichborn Astrokrimis)
ISBN 3-8218-0789-X

© Eichborn Verlag AG, Frankfurt am Main, März 2000
Für die Geschichte »Der Steinbock im Garten« *(The Capricorn
Moment)* von Amanda Cross: © 1999 by Carolyn G. Heilbrun.
Veröffentlicht mit Genehmigung Nr. 59865 der Paul &
Peter Fritz AG in Zürich
Umschlaggestaltung: Moni Port unter Verwendung
eines Gemäldes von Caravaggio »David mit dem Kopf des Goliath«
(Madrid, Museo del Prado)
Satz: Fuldaer Verlagsagentur, Fulda
Druck und Bindung: Milanostampa, Italien
ISBN 3-8218-0789-X

Verlagsverzeichnis schickt gern:
Eichborn Verlag, Kaiserstr. 66, 60329 Frankfurt
www.eichborn.de

Inhaltsverzeichnis

Gunter Gerlach *Kille*   7

Almuth Heuner *Innenrevision*   33

Robert Brack *Wir waren Cops*   61

Amanda Cross *Der Steinbock im Garten*   93

Edith Kneifl *Pizza Capricorno: Ein alpenländisches Melodram*   121

Frank Goyke *Geburt und Sterben im Tierreich*   149

Die Autorinnen und Autoren   187

Die Herausgeberinnen   191

Gunter Gerlach *Kille*

Ich bin erledigt. Sie wird mich verlassen. Ich sehe es schon an dem harten Schritt, mit dem sie das Café betritt. Ich werde mich wieder meinen Depressionen hingeben müssen. Es ist alles aus. Ihre Haut ist noch dünner geworden. Sie hat die Handtasche wie einen Totschläger vor dem Bauch. Es muß eine Bleikugel darin sein. Ihre Augen sind leblos, ihre Kaumuskeln arbeiten. Sie weiß alles. Die Wahrsagerin hat ihr die Wahrheit über mich gesagt. Doch dann sinkt sie auf dem Stuhl zusammen. Sie ist wunderschön. Sie bewegt kaum die Lippen. Es kommt fast tonlos: »Ich hab's ja gewußt, Steinböcke passen nicht zusammen.«

Die Luft ist raus. Zwei Wochen Wut und Liebe. Blut und Schweiß. Das war's. Schön war's. Ich werde die nächsten Tage in einem abgedunkelten Zimmer verbringen, trauern, in meiner Schwermut baden und Gedichte schreiben. Wunderbare Gedichte über die Einsamkeit.

Nein, ich will kämpfen.

»Kille«, sage ich sanft, es ist eine Abkürzung ihres Nachnamens, »du mußt nicht alles glauben, was diese Hexe ...«

»Sie ist Astrologin!« faucht sie. Kille ist süchtig nach Horoskopen, Vorhersagen, Kaffeesatz-, Karten- und Handlesungen. Alle paar Tage sitzt sie bei Melissa Meier-Stein und läßt sich die Zukunft deuten.

»Was hat sie erzählt?«

»Du bist eine Gefahr für mich.«

»Ich soll ... was? Es ist eher umgekehrt!« Zweimal in den vierzehn Tagen, seit wir uns lieben, ist Kille mit einem Messer auf mich los. Einmal stieß sie mich fast vor ein fahrendes Auto. Mehrmals versuchte sie, mich zu erwürgen. Die Tritte gegen Beine und Bauch will ich gar nicht zählen. Ganz zu schweigen von ihrer Form der Liebe. Jedesmal bin ich so gut wie tot. Aber das ist wunderbar.

»Wir müssen uns trennen«, sagt sie. Es kommt schon etwas kraftloser.

»Was hast du für diese Weisheit bezahlt? Wieder einen Hunderter?«

»Typisch Steinbock, denkt nur ans Geld.«

»Selber Steinbock.«

Wir werfen uns noch eine Weile die negativen Eigenschaften unseres Sternzeichens an den Kopf. Kille grinst immer öfter dabei, dann wirft sie sich auf mich, beknabbert und leckt jedes Stückchen Haut, das sie von mir bekommen kann. Der Kellner bringt schnell die Rechnung für meinen Kaffee. Kille und ich erreichen gerade noch mein schützendes Auto im Parkhaus, bevor man uns wegen Erregung öffentlichen Ärgernisses verhaften kann.

Ich bin Steinbock, und mein ganzes Streben ist darauf gerichtet, meine Lebensverhältnisse zu verbessern. Stimmt, ich bin ein Einbrecher. Aber das bin ich nur, weil ich vom Bücherschreiben nicht leben kann. Noch nicht. Ich bin Schriftsteller. Eines Tages werde ich berühmt und reich sein. Steinböcke sind in ihrer Arbeit unermüdlich. Kille weiß nicht, womit ich mein Geld verdiene. Sie denkt, ich bin bereits ein erfolgreicher Autor. Kille arbeitet als Sekretärin in einer kleinen Versicherungsagentur. Freitags macht sie zusätzlich Nachtschicht in einer Kneipe. Aus Spaß. Viel von dem Geld, das sie den verliebten und betrunkenen Männern in der Bar abnimmt, schleppt sie zu Madame Melissa. Ich glaube nicht, daß Melissa Meier-Stein ihre eigene Zukunft deuten kann. Sonst hätte sie das, was ich jetzt vorhabe, voraussehen müssen. Ich bin auf dem Weg zu ihr. Auf dem Weg zu ihrem Geld.

Madame wohnt mitten in der Stadt in einem alten Bürohaus. *Melissa Meier-Stein – Lebensberatung mit astrologischen und okkulten Techniken.* Ich weiß genau, daß sie nicht da ist. Sie ist unterwegs zu einer angeblich bettlägerigen Klientin. Frühestens in einer Stunde kann sie zurück sein.

Von Kille weiß ich, daß Melissa nicht gern Quittungen ausstellt. Und wer nicht quittiert, schleppt sein Geld auch nicht unbedingt zur Bank. Das weiß ich von meinen Einbrüchen. Schwarzgeld ist eine leckere Beute. Denn bei gestohlenem Schwarzgeld holt man keine Polizei.

Madames Tür ist kein Problem für mich. Zweiunddreißig Sekunden für die beiden Schlösser. Im Wohnzimmer hängen Privatfotos von den Alpen. Ein großes Gebirgspanorama und kleine Bilder. Auf einem steht sie selbst im Dirndlkleid vor dem Matterhorn. Auf einem anderen räkelt sich ein blonder Jüngling in knappen Lederhosen auf einer Bergwiese. Für einen Liebhaber fast zu jung, für einen Sohn fast zu alt. Wie auch immer. Sie fährt also gern in die Schweiz. Dafür gibt es bestimmt zwei Gründe. Nicht mal drei Minuten brauche ich, um den Schuhkarton mit den Bergstiefeln zu finden. Schweizer Stiefel, damit geht man wie auf Eiern. Unter dem Seidenpapier sind die Schuhe auf Kohle gebettet. Asche fürs Konto in der Schweiz. Welch schöner Anblick. Was für ein interessantes Panorama. Ich lasse ihr was übrig. Ich bin ja nicht so. Und jetzt noch ein kurzer Blick in ihren Beratungsraum. Mystisch in Dunkelblau mit einem Vorhang aus schwarzer Seide mit schwarzglänzenden Sternen darauf. Ein Stern glänzt wie Glas. Es ist das Auge einer Video-Kamera. Sie ist nicht eingeschaltet. Ich folge dem Kabel. Der Fernseher im Wohnzimmer ist der Monitor. Auch eine Art von Hellsehen. Madame Melissa beobachtet also ihre Kunden. Ich gehe. Keine Fingerabdrücke. Keine Spuren. Ich bin Steinbock. Ich handle nie überstürzt. Sagt mein Horoskop.

Kille sieht mich an. »Warst du das?«

Sie schiebt mir die Zeitung über den Frühstückstisch, aber ich kann noch nicht sprechen. Ich muß erst etwas essen und trinken.

»Lies das!«

Und Lesen kann ich nach dem Aufstehen sowieso nicht. Ich bin ziemlich blind, wie ein kleines Tier nach der Geburt. Kille ist morgens immer gleich voll da. Und wütend heute morgen. Ich ahne die fliegende Tasse mehr als ich sie sehe. Instinktiv weiche ich aus. Das Porzellan zerschellt hinter mir.

»Lies endlich!«

Ich reibe mir vorsichtig die Augen. Die Buchstaben in der Zeitung werden etwas schärfer und bekommen eine erstaunliche Bedeutung. Der Astrologe und Wahrsager Kurt Meier-Stein, bekannt als Madame Melissa, ist überfallen und niedergeschlagen worden. Er liegt im Krankenhaus. Er?

»Madame Melissa ist ein Mann! Kille, wie hast du den Kerl bezahlt? In Naturalien?!« Ich bin Steinbock. Ich habe eine ausgeprägte Neigung zur Eifersucht. Ich betrachte das kleine, unscharfe Foto eines Mannes.

Sie kneift die Lippen zusammen. »Typisch Steinbock! Du kannst an nichts anderes denken.«

Kille nimmt mir die Zeitung aus der Hand. Sie schüttelt den Kopf. »Ich verstehe das nicht.« Dann wirft sie die Zeitung von sich, springt auf. »Verdammter Mist!« schreit sie. Dann läßt sie sich wieder auf den Küchenstuhl fallen. Die Luft ist raus. Ihre Wut vergeht immer sehr schnell.

»Siehst du, alles Betrug«, sage ich. »Ich hatte recht, sie ... er kann gar nicht in die Zukunft sehen, nicht mal in die eigene.«

Kille hört mir nicht zu. »Ich muß zu ihr«, sagt sie.

»Was? Warum?«

Kille sieht mich an, aber sie sieht mich nicht.

»He, Kille ...« Ich stehe vom Tisch auf, umarme sie. Aber sie befreit sich, sieht zur Uhr. Es ist höchste Zeit, wenn sie noch pünktlich ins Büro kommen will.

Ich frühstücke noch ein bißchen, dann setze ich mich vor den Computer. Ich bin mitten in einer spannenden Geschichte über einen Astronauten, der auf einem fremden Planeten eine Notlandung gemacht hat und sich nun nicht erinnern kann, woher er gekommen ist. Ich habe schon hundertundfünfzig Seiten und glaube, es wird ein Bestseller. Aber heute gelingt mir nur ein einziger Satz, den ich im Laufe des Vormittags etwa sechzehnmal umschreibe. Immer gleiten meine Gedanken ab. Madame Melissas seltsame Existenz beschäftigt mich. Vielleicht ist sie ein Transvestit oder sogar transsexuell, oder alles ist nur ein Trick für ihr Geschäft. Und ich habe das dumme Gefühl, mein Diebstahl und der Überfall auf sie hängen zusammen. Schließlich habe ich sie aus dem Haus gelockt. Mit einem fingierten Anruf. Ich habe mit der Stimme einer Frau mit einer Frau telefoniert, die ein verkleideter Mann ist. Irgendwie ist das alles sehr komisch ...

Mittags rufe ich im Büro an, um mit Kille essen zu gehen, aber sie ist nicht da. Sie ist gar nicht gekommen. Sie hat sich krank gemeldet. Ich habe ihren Chef am Telefon. Er brüllt mich an, erzählt mir, daß er nur ein kleines Büro habe, und jeder Ausfall einer Mitarbeiterin sei verheerend. Er habe nur zwei Angestellte und Kille sei jeden Monat einmal krank. Er schimpft, als wäre ich schuld. Ich lege einfach auf.

Warum hat Kille mir nichts gesagt?

Kille betrügt mich!

Ich wähle die Nummer ihrer kleinen Wohnung. Zu Hause ist sie auch nicht. Mir ist klar, wo sie ist. Sie ist im Krankenhaus und hält Händchen. Madame Melissa hat nur einen einzigen Grund, sich als Frau zu verkleiden: Sie will ihre perverse sexuelle Beziehung zu Kille verheimlichen. Die beiden betrügen mich. Und Melissa versucht, mich mit ihren Horoskopen und Zukunftsdeutereien gezielt aus Killes Leben zu drängen. Sie will Kille für sich allein. Die Eifersucht treibt mich aus dem Haus. So nicht. Nicht mit mir. Ich werde die beiden in flagranti erwischen. Und dann wird abgerechnet.

Ich kaufe eine Boulevard-Zeitung. Auf der Titelseite ist ein Foto von Madame Melissa. Sie sieht aus wie eine Ägypterin in einem alten Spielfilm. Elisabeth Taylor als Cleopatra. Schlagzeile: Hellseherin sah eigenen Tod. Der Artikel steht auf Seite zwei. Angeblich wußte sie aufgrund ihrer übersinnlichen Fähigkeiten, daß ihr aufgelauert wurde, und konnte deshalb dem Schlimmsten entgehen. Seltsam, daß sie trotzdem keine Angaben über den oder die Täter machen kann. Schöne Hellseherin.

»Ins Krankenhaus«, befehle ich dem Taxifahrer. Er antwortet mit Weisheiten über den Zusammenhang von Wetter und Krankheiten. Bei Regen zuckt sein linkes Knie. Sein spiegelverkehrter Blick auf Madame Melissa läßt ihn zum Thema Wunderheiler kommen. Ich entziehe ihm die Titelseite und suche nach dem Horoskop. Erschrocken lese ich: *Handeln Sie nicht unüberlegt. Eine Freundschaft könnte daran zerbrechen.*

Der Fahrer ist inzwischen zur Wirkung von Heilkräutern übergegangen, der Behandlung seines Knies mit Thymiankompressen und findet über asiatische Pflanzenextrakte, mit denen er sich täglich den Hals einreibt, den Weg zu Amuletten. Er hat einen afrikanischen Stein gegen Gelenkbeschwerden unterm Hemd.

»Was für ein Sternzeichen sind Sie?« unterbreche ich ihn.

»Löwe. Neigung zu Rheumatismus.«

»Hier steht für heute: Meiden Sie das Gespräch über Krankheiten, alte Beschwerden könnten wieder aufbrechen.«

»Ehrlich?!« Er dreht sich nach mir um. Ich pfeife »Oh Tannenbaum«.

Er grunzt und schweigt den Rest der Fahrt.

Am Krankenhaus angekommen, bellt er mich plötzlich an: »Ich will Ihnen mal was sagen: Ich glaube nicht an Horoskope.«

Ich auch nicht. Außerdem gilt das Steinbockhoroskop heute nur für Kille. Denn sie ist es, die unüberlegt handelt.

Melissa und Kille waren schneller. Die Patientenkartei beim Pförtner gibt keine Person namens Meier-Stein mehr her. Weder weiblich noch männlich.

Wahrscheinlich nur ambulant behandelt, meint der Pförtner, und daß ich dazu in die Notaufnahme gehen müsse. Aber er hält mich zurück: Dort sei alles voller Blut, die Ärzte Vampire, und es würden keine Auskünfte erteilt. Artenschutz. Der Mann gefällt mir.

Derselbe Taxifahrer wartet am Taxistand. Ich mache einen Bogen und fische mir ein Taxi aus dem großen Verkehrsfluß. Taxifahrer ähneln sich. Dieser spricht nur über Steuern, Finanzämter und Beamte. Ich werde der Taxizentrale vorschlagen, daß neben dem Taxischild das jeweilige Thema des Fahrers vermerkt sein sollte.

Ich erwische Kille, wie sie aus dem Haus der Astrologin kommt. Während ich ihr mit Zurückhaltung begegne, wirft sie sich mir erleichtert um den Hals. Melissa habe nur eine kleine Wunde am Kopf. Es gehe ihr schon wieder gut.

»Was ist mit dir und dieser Melissa? Der Mann ist doch ein Kerl!«

»Wir sind einfach nur befreundet. Wir kennen uns schon so lange. Außerdem: Sie ist schwul. Eine Tunte. Ein Transvestit oder was weiß ich.«

»Bist du sicher?«

Wir gehen in dasselbe Café wie gestern. Der Kellner erkennt uns wieder und winkt uns zu einem Tisch in einer Nische. Er hat wohl Angst, daß wir wieder übereinander herfallen. Dabei nehmen wir ordentlich gegenüber Platz und bestellen ganz brav die Brateringe mit Kartoffelsalat.

»Wer hat sie überfallen und wo?«

»Im Hausflur, sie ist gerade nach Hause gekommen. Es war derselbe, der vorher bei ihr eingebrochen ist und das ganze Geld geklaut hat.«

Ich weiß es besser. Ich habe zwar ihr Geld, aber ich habe sie nicht überfallen.

»Davon stand nichts in der Zeitung.«

»Aber es ist so.«

»Wenn Melissa schwul ist, war es vielleicht jemand aus der Szene, ein Stricher, wahrscheinlich minderjährig. Er kann sie erpressen. Deshalb sagt sie nicht, wer es war.«

»Mir hätte sie es gesagt.«

»Und was ist mit ihren wahnsinnigen Fähigkeiten? Ich denke, sie weiß alles.«

»Sie weiß auch alles!« Kille schmollt mit mir. Ihre Oberlippe trifft dann fast auf die Nasenspitze, und ihre Augenbrauen schwimmen aufeinander zu. Mit den Armen preßt sie ihre kleinen Brüste zusammen. Diesen Anblick halte ich nicht aus. Es tut mir weh. Ich springe zu ihr auf die andere Seite des Tisches und streichle sie. Als meine Hände Kurs nach unterhalb der Tischkante nehmen, räuspert sich der Kellner hinter mir. Er hat zweimal Brathering auf dem Arm. »Vielleicht essen Sie erst einmal etwas«, sagt er. Ich nehme wieder gesittet Platz.

»Wir müssen ihr helfen«, drängt Kille.

»Wie denn?«

»Ich glaube, sie weiß genau, wer es war.«

Ich sage lieber nichts Unbedachtes. Mit Gabel und Messer lege ich kunstvoll die Gräten meiner beiden Heringe frei, löse sie sorgfältig und sauber heraus. Dann sehe ich wieder zu Kille auf. Sie hat das Essen nicht angerührt.

»Weißt du«, sagt sie gedehnt, »Melissa sagt, daß er es wieder tun wird, daß er sie umbringen will.«

»Aber warum?«

»Weil er weiß, daß sie es weiß.«

»Was?«

»Es ist ein Klient, der seine Frau umgebracht hat.«

»Der hat ihr das gesagt?«

»Natürlich nicht. Sie weiß es einfach. Sie weiß so etwas.«

»Klar, sie kann ja hellsehen.«

Kille bemerkt meinen ironischen Unterton nicht.

»Warum geht sie nicht zur Polizei?«

»Melissa hat keine Beweise. Was soll sie denn der Polizei sagen? Außerdem ist eine Astrologin und Wahrsagerin so etwas wie ein Priester. Verstehst du, jeder, der zu ihr kommt, muß sich doch darauf verlassen können, daß sie nichts von den intimen Dingen weitererzählt, die sie erfährt.«

»Sie läßt sich lieber umbringen?«

Kille kriegt ihren Fisch nicht runter. Sie schiebt ihn mit der Gabel auf dem Teller hin und her. Schließlich nehme ich ihr das Essen weg und verschlinge auch noch ihren Fisch. So gestärkt fahren wir zu mir, und ich falle über sie her. Aber Kille ist irgendwie anders als sonst. Nicht so weich. Nicht bei der Sache. Ich auch nicht. Ich verhärte mich. In mir reift ein teuflischer Plan.

Die Tür öffnet sich automatisch. Gedämpftes Licht. Ein blauer Vorhang unterteilt jetzt den Flur, trennt die Wohnräume ab und leitet mich direkt in den Beratungsraum. Eine sanfte Lautsprecherstimme fordert mich auf, Platz zu nehmen. Der Holzstuhl ist für mich und der Ohrensessel für sie. Es kann nicht anders sein. Dazwischen ein Glastisch, damit sie auch die Fußarbeit ihrer Klienten beobachten kann. Ich weiß, daß sie mich jetzt über ihren Monitor beobachtet. Ich spiele ihr etwas vor: ein Mensch mit quälenden Sorgen. Ich setze mich, stehe wieder auf, setze mich wieder, rutsche auf dem Stuhl hin und her.

Sie kommt, die Augen schwarz bemalt. Die Perücke verbirgt die Wunde am Kopf. Wenn da eine Wunde ist. Sie lächelt auf mich herab. Sie ist fast einen Kopf größer als ich, hat ein langes, enges, dunkles Seidenkleid an. Sie schlängelt sich abwärts auf ihren Sessel. Ich bin beeindruckt von der Choreografie ihres Auftritts. Nur die hohen gekünstelten Schwingungen ihrer Stimme verraten, daß sie keine Frau ist.

»Jakob Finn«, stelle ich mich vor. Es ist ein Name aus einem Buch. Aber mit allem anderen will ich annähernd bei der Wahrheit bleiben, Verräterisches allenfalls verschweigen. Sonst wäre es kein richtiger Test. Dabei weiß ich doch schon jetzt, wie es ausgehen wird: Nichts wird sie herausfinden. Alles wird Humbug sein. Ich danke ihr, daß sie mich so schnell vorgelassen hat, obwohl ich doch keine Empfehlung habe, sondern durch den Zeitungsartikel auf sie aufmerksam geworden bin. Dann erzähle ich ihr, daß ich schon zu lange erfolgloser freier Journalist bin. Es hat die größte Nähe zur Schriftstellerei. Und nun will mich auch noch meine Freundin verlassen. Mein bisheriges Leben ist in Frage gestellt. Stimmt ja auch. Deshalb will ich meine Zukunft von ihr erfahren. Sie unterbricht mich mit wenigen Fragen, kommentiert meinen Bericht wechselweise mit Lächeln und Sorgenfalten. Dann wird sie ernst und nennt mir den Preis für das große Horoskop. Die Berechnungen können bis zu zwei Tage dauern. Ich willige ein. Sie zahlt es ja letztlich selbst. Sie notiert meine Daten, spricht von Echopunkten, Aszendenten, Einflußfaktoren, fragt nach dem Zeitpunkt herausragender Ereignisse in meinem Leben, aber da ist ehrlich gesagt nicht viel.

Ich will auch einen sofortigen Rat von ihr. Es kostet extra. Das Geld kommt in ein verziertes Holzkästchen. Sie blickt in meine beiden Handflächen, murmelt etwas, dann holt sie aus einem Schränkchen einige Folien mit Sternkreiszeichen, legt sie übereinander und dreht sie. Sie runzelt die Stirn, sieht mich sorgenvoll an. Doch dann schüttelt sie den Kopf, holt ein Deckchen und einen Glaskasten mit einer zähen dunkelblauen Flüssigkeit heraus. Ich muß den Kasten zwischen meine Hände pressen und ihn nach einigen Sekunden umgekehrt auf den Tisch stellen. Sie beobachtet konzentriert, wie die Flüssigkeit unregelmäßig an den Seiten herunterfließt und verlaufende Flächen und Tropfen bildet. Dann bittet sie mich um einen metallenen Gegenstand, den ich immer bei mir trage. Ich gebe ihr einen Schlüssel. Sie legt ihn auf das Deckchen. Und ich schwöre, er bewegt sich. Wie hat sie das gemacht? Sie ist verdammt gut! Ich glaube, ich wechsle den Job und gehe bei ihr in die Lehre. Plötzlich sieht sie mich durchdringend an.

»Alles, was ich sehe, ist noch vage, nicht sehr deutlich, und vor allem bedarf es der mathematischen Prüfung durch die astrologischen Techniken. Zu diesem Zeitpunkt kann ich mich manchmal verleiten lassen, einen falschen Weg zu gehen, und Sie sollten mich sofort korrigieren.«

»Ja«, sage ich pflichtbewußt. Ich fange an, die Frau zu bewundern. Verdammt, sie ist ja gar keine Frau. Und ich ärgere mich, daß ich nicht daran gedacht habe, heimlich ein Aufnahmegerät mitlaufen zu lassen.

»Sie können ein außergewöhnlich energischer und ausdauernder Mensch sein, deshalb sind Sie fähig, alle zur Zeit negativen Einflüsse auf Ihr Leben zu verändern.«

»Ja?« Ich beuge mich vor. Sie kommt mir leicht entgegen. Weiß sie, welche eleganten Falten ihr Kleid bei dieser Bewegung über ihrem zarten Bauch bildet? Ich muß mich erneut daran erinnern, daß sie ein Mann ist.

»Der Saturn hat einen günstigen Einfluß auf Sie. Aber die Konstellation des Jupiters in Ihrem Geburtsjahr macht mir Sorgen. Sie sollten Auseinandersetzungen vermeiden, ganz im Gegensatz zum sonstigen Steinbockcharakter ist bei Ihnen in diesem Bereich ein Mangel zu entdecken. Es würde mich nicht wundern, wenn Sie schon einmal mit der Polizei, der Justiz oder dem Gesetz in Konflikt gekommen sind. Hüten Sie sich, es könnte nicht gut ausgehen. Das ist selten bei Steinböcken. Sie gewinnen in der Regel Prozesse, aber bei Ihnen ... Und wenn es noch nicht geschehen ist, dann denken Sie in Zukunft daran, Gerichte zu meiden. Aber alles bedarf der genauen Prüfung. Das große Horoskop wird genaueren Aufschluß geben.«

Weiß sie, daß ich Einbrecher bin? Unsinn, eine solche Prophezeiung kann sie jedem machen. Es stimmt immer.

Sie dreht den Kasten mit der Flüssigkeit um. »Ich sehe viel Geld in Ihren Händen, aber ich sehe nicht, woher es kommt.«

Ich sollte die Sitzung abbrechen, solange noch Zeit ist. Sie entlarvt mich gerade. Sie weiß, daß ich ihr Geld habe.

»Geld? Welches Geld?«

»Ich denke, es bedeutet, Sie werden in Ihrem Beruf Erfolg haben, aber die Unschärfe des Bildes bedeutet, daß es noch lange dauern kann. Ich kann die Quelle meiner Vision noch nicht erkennen.«

Ich muß sofort das Thema wechseln. »Und meine Freundin?«

»Sie sind eifersüchtig, nicht wahr?«

»Ich liebe sie.«

»Ich kann deutlich erkennen, daß in der Liebe mit Ihrer Partnerin kein Gleichgewicht vorhanden ist. Es gibt Anpassungsschwierigkeiten. Und es gibt einen Punkt, der nicht offen ausgesprochen wird. Seltsam, ich sehe eine wesentlich jüngere Frau an Ihrer Seite. Stimmt das? Oder spielt mir meine Vision einen Streich?«

Sie hat recht, es stimmt alles, was sie sagt. Ich muß die Sitzung abbrechen. »Ja, sie ist jünger. Es ist nur, ich will mich gleich mit ihr treffen. Was soll ich tun?«

Sie schüttelt den Kopf. »Etwas stimmt nicht. Etwas ist mit ihrem Namen. Es ist nicht der richtige Name ...«

»Was?«

»Der Name Ihrer Freundin. Sie wird nicht so genannt, wie sie heißt.«

Ich nicke erleichtert, ich dachte schon, sie hat mich durchschaut. Sie gibt eine präzise Beschreibung von Killes Äußerem und ihrem Charakter. Das ist erstaunlich. Dann wendet sie sich wieder meiner Zukunft zu: »Sie können Ihr Schicksal zur Zeit nur wenig beeinflussen. In seltenen Fällen kann man Versäumnisse wiedergutmachen, indem man ihnen im nachhinein große Aufmerksamkeit widmet. Da Sie ein Mensch mit großer Geduld sind, der es versteht, in sich zu ruhen, aus sich selbst heraus Kraft zu schöpfen, sollten Sie diese Stärken einsetzen.« Sie sieht mich direkt an, öffnet die Hände und neigt den Kopf, ohne mich aus den Augen zu lassen. Es ist eine Geste, die zwischen Segnung und Verabschiedung liegt.

Ich stehe auf. Sie schreibt auf eine Karte meinen Termin für den nächsten Tag. »Lenken Sie Ihre Phantasie in positive Bahnen.« Hinter dem Vorhang erklingt ein helles Windspiel und unterstreicht ihren Abschiedsspruch. Wenn ich will, kann ich ihn als Aufforderung verstehen, mein Leben als Einbrecher aufzugeben, oder meine Beziehung zu Kille positiv zu sehen oder auch die Trennung. Alles wäre möglich.

Sie steht auf, gibt mir die Karte. Ein zweites Mal erklingt das Windspiel. Jetzt bin ich sicher, es kommt aus einem Lautsprecher. Sie betätigt wahrscheinlich einen Schalter an ihrem Sessel.

Kille ist wieder nicht bei der Arbeit. Ihre Kollegin ist am Telefon. Im Hintergrund höre ich den Chef toben, er könne unzuverlässige Mitarbeiter nicht gebrauchen. Ich fahre zu ihrer Wohnung. Ich klingle, aber sie macht nicht auf. Ich weiß genau, daß sie zu Hause ist. Ich höre durch die Tür, wie sie über den Flur schleicht. Wahrscheinlich hat sie ihren neuen Liebhaber bei sich.

»Kille, mach auf!«

Der Schlüssel wird gedreht, sie öffnet, aber die Sicherheitskette ist noch vorgelegt. Es ist, wie ich es mir gedacht habe: Sie sieht aus, als komme sie gerade aus dem Bett. Nur mit Höschen und Hemd bekleidet und mit roten Augen.

»Du?«

»Laß mich rein!«

Sie öffnet die Kette. Ich stürze an ihr vorbei zu ihrem Bett. »Wo ist der Kerl? Ich bringe ihn um!«

»Du Idiot.« Sie weint.

»Was ist los?«

Sie hockt sich aufs Bett. »Ich habe Angst. Ich glaube, er will mich auch umbringen.«

»Wer?«

»Mein Chef. Der Mörder.« Sie weint und zittert und erzählt, daß sie ihn zu Melissa geschickt hat, und er sei der Mörder.

»Melissa kann nicht hellsehen.«

»Doch. Nein. Doch. Nein.«

»Na siehst du.«

»Nein, ich bin schuld. Es ist wegen seiner Frau. Er hat sie umgebracht. Und jetzt bringt er alle um. Alle, die es wissen. Melissa und mich. Er ist Widder. Wie Hitler.«

Ich nehme Kille in den Arm, streichle sie, und allmählich kommt etwas mehr Sinn in ihre Geschichte. Die Frau ihres Chefs ist vor Jahren verschwunden, und er will sie jetzt für tot erklären lassen. Kille hat ihn überredet, es vorher noch mal mit Melissa als Hellseherin zu versuchen. Aber um Melissa mit ein paar Informationen zu versorgen, hat Kille in den privaten Unterlagen ihres Chefs geschnüffelt. Sie hat entdeckt, daß er seit acht Jahren, also seit seine Frau verschwunden war, monatlich erhebliche Summen auf ein Konto in Nürnberg überweist.

»Verstehst du, er hat seine Frau getötet, weil er eine Geliebte in Nürnberg hat. Sicher erpreßt die ihn jetzt, damit er sie heiratet. Deshalb soll ja auch seine Frau so schnell für tot erklärt werden. Oder die Geliebte will einfach mehr Geld. Auf jeden Fall hat er Melissa beraubt und versucht, sie umzubringen.«

Sie vergräbt sich unter den Kissen und der Decke. »Ich kann doch nicht mehr ins Büro gehen!«

Eine Hand schlängelt sich unter den Kissen hervor und tastet nach meinen Knien. Aber ich gehe zum Fenster und sehe hinaus. Ich habe das deutliche Gefühl, sie hat mir nicht alles gesagt.

»Kille, wieviel zahlt sie dir?«

Kille sagt nichts. Sie zieht die Kissen noch enger an sich. Ich wiederhole meine Frage.

»Fünfzig bis hundert für jeden«, gesteht sie leise.

Dann wirft sie die Kissen von sich und gesteht trotzig alles. Sie vermittelt Klienten an Melissa. Leute, die sie kennenlernt, bei ihrem Job, in der Freizeit und vor allem in der Bar. Und sie horcht diese vorher aus und gibt die Informationen an Melissa. Schon kann sich die Wahrsagerin als Wahrsagerin beweisen.

Kille streckt ihre Hand nach mir aus. Aber ich bleibe am Fenster. Ein fürchterlicher Verdacht macht sich breit. Wieso konnte die Wahrsagerin meine Freundin so genau beschreiben?

»Kille, was hast du für mich bekommen?«

Sie sieht mich überrascht an. Ihr Mund öffnet sich langsam. »Du warst bei ...«

Ich nicke. »Sie weiß, wer ich bin, stimmt's?«

»Ja, ich habe ihr ein Foto von dir ... weil ... Sie kann dann mehr über dich voraussagen. Sie hat mit dem Pendel über deinem Bild ... und da kam ja heraus ...«

»Kille, du erzählst mir, wie der Betrug funktioniert, und gleichzeitig glaubst du daran?«

Sie sinkt zusammen, verkriecht sich wieder hinter einem Kissen. »Nicht schimpfen.«

Ich kann Kille nicht böse sein. Obwohl ich jetzt weiß, daß keine von Melissas Aussagen über mich einen anderen Ursprung als Kille hat. Schöne Wahrsagerin. Ich will mein Geld zurück.

Na gut, es war sowieso ihr eigenes Geld.

Kille schnarcht manchmal. Sie streitet es energisch ab und behauptet dagegen, ich würde schnarchen. Ich erwache davon mitten in der Nacht. Ich rüttle sie. Sie dreht sich zur Seite, wacht aber nicht auf. Immerhin schnarcht sie nicht mehr. Es nützt mir nichts. Ich kann nicht mehr einschlafen. Ich betrachte Kille. Die fast schon kriminelle Energie, mit der sie ihre Vermittlertätigkeit für Melissa betreibt, hat mich überrascht. Ein Lichtreflex schlängelt über ihren nackten Rücken. Es ist die Neonreklame der Kneipe schräg gegenüber. Eine kleine blaue Flamme, die durch einen Vorhangspalt fällt. Mein Bild von Kille wandelt sich. Ich habe sie bisher nicht für besonders raffiniert und geschäftstüchtig gehalten. Den Job in der Bar hat sie mir als Freundschaftsdienst geschildert. Ihre Freundin hat die Kneipe gepachtet. Ich war nur einmal dort – und wahrscheinlich haben mir die beiden was vorgespielt. Vielleicht ist es doch eine Art Puff? Vielleicht führt Kille ein ähnliches Doppelleben wie ich?

Ich stehe auf, hole mir Mineralwasser aus dem Kühlschrank und setze mich auf den Bettrand. Etwas an Killes Geschichte stimmt nicht. Wer zu einer Wahrsagerin geht, glaubt an ihre Fähigkeiten. Ein Mörder müßte befürchten, daß sie ihn entlarvt. Er würde nicht hingehen.

Kille bewegt sich, ihre Hand fährt über das Bett. Plötzlich schreckt sie hoch, sieht mich an und stößt einen kleinen Schrei aus.

»Es ist gut, ich bin es.«

»Was machst du da?«

Ich halte das Glas mit dem Wasser in die Höhe. Sie nimmt es mir aus der Hand und trinkt hastig. »Ich hatte einen Alptraum.« Sie streicht sich das Haar aus dem Gesicht. »Ich war in einer Art Glaskasten gefangen.« Sie stöhnt, greift nach mir.

»Kille, würdest du morgen mit mir gemeinsam zu Melissa gehen?«

»Warum?«

Ich antworte nicht.

»Muß ich?« fragt Kille.

»Ja.«

»Fürchtest du dein Horoskop?« Sie legt die Hand auf meinen Schenkel.

»Nein, ich glaube, alles wird gut.«

Kille schwankt. Mal will sie mit, mal nicht. Vor dem Bürohaus bleibt sie stehen und schlägt vor, daß sie erst einmal allein hinaufgeht. Sie will Melissa erklären, daß ich nicht von ihr geschickt wurde. Vor der Fahrstuhltür weicht sie zurück, ändert wieder ihre Meinung. Sie will nun doch lieber im Café auf mich warten. Es sei das Beste. Ich lasse mich auf nichts ein. Kille muß mit.

Melissa macht nicht auf. Ich klingle erneut. Von drinnen kommen Geräusche. Ein dumpfer Schlag. Etwas zerbricht. Jemand schreit.

Ich lasse den Klingelknopf gar nicht mehr los. Kille klammert sich ängstlich an meinen Arm. Es kommen weitere Geräusche, Schläge, zerbrechendes Glas. Dann ist Ruhe. Die Tür wird geöffnet, und zitternd steht Melissa vor uns. Die Haare sind wirr, die Haut bleich und die Lippen zucken. Blut rinnt aus einer Wunde an der Hand.

»Retten Sie mich«, haucht sie. Sie schwankt. »Er ist hier!« Sie verdreht die Augen und sinkt zu Boden. Kille kniet sich zu ihr, hebt Melissas Kopf. Sie schlägt die Augen schon wieder auf. Einen Augenblick überlege ich, in das benachbarte Büro zu gehen und die Polizei anzurufen. Doch nicht erst mein gestriges Kurzhoroskop hat mich vor Kontakten mit der Ordnungsmacht gewarnt. Ich komme gern ohne sie aus.

Ich steige über die beiden am Boden hinweg. Dann bleibe ich im Flur stehen. Ich brauche eine Waffe. Nein, das ist auch ein falscher Gedanke. Wer eine Waffe hat, muß sie als erster einsetzen können. Ich glaube, das kann ich nicht. Ich habe viel zu wenig Aggressionspotential, sonst wäre ich nicht Einbrecher, sondern Bankräuber. Und wer keine Waffe hat, wird meist auch nicht angegriffen. Weil er harmlos wirkt. Hoffentlich. Außerdem: Seit letzter Nacht habe ich das Gefühl, an allem schuld zu sein.

Ich schaue in Melissas Besprechungsraum, winke der versteckten Kamera freundlich zu, vielleicht sieht mich ja der Mörder. Ich ziehe die Vorhänge mit den Sternchen vorsichtig zur Seite. Niemand. Ich gehe den Flur entlang bis zum Wohnzimmer. Ich kenne mich ja aus. Die Tür ist geschlossen. Dahinter höre ich ein Geräusch, wie von einem Tier. Ein Schnaufen und Fiepen. Ein verwundetes Kaninchen?

Ich öffne und blicke auf ein Schlachtfeld. Der Couchtisch mit der Glasplatte ist zertrümmert. Ein Vitrinenschrank liegt schräg auf dem Sofa, die Sessel sind umgekippt, die Bilder von der Wand gerissen. Der Fußboden ist mit Scherben übersät. Mitten in den Trümmern steht ein blonder junger Mann, schluchzt, die Tränen laufen ihm über das Gesicht. Ich kenne ihn von den Bergfotos aus der Schweiz. Doch jetzt trägt er keine knappe Lederhose, sondern einen eleganten schwarzen Anzug mit Krawatte, aber alles ist verrutscht, schmutzig und der Ärmel seines Jakketts ist zerrissen. Er preßt seine blutige Hand auf eine Wunde am Arm.

»Sie brauchen einen Verband«, sage ich und steige über die Scherben hinweg. Ich reiche ihm ein Papiertaschentuch. Er nimmt es.

»Ich hoffe, Sie haben keine weiteren Verletzungen?«

Er schüttelt den Kopf.

»Ein ziemlich heftiger Streit?« Ich richte einen der Sessel wieder auf, klopfe die Lehne ab und setze mich darauf.

Er sieht mich hoffnungsvoll an. Als wäre ich ein Verbündeter.

»Melissa behauptet, ich hätte ihr Geld.«

»Aber Sie wußten gar nicht, wo sie es aufbewahrt.«

»Genau. Genau.«

»Sie wußten nicht einmal, daß sie überhaupt Geld in der Wohnung versteckt hat.«

»Genau. Genau.« Seine Tränen versiegen. Sein Gesicht hellt sich auf. Er hat einen Anwalt gefunden.

»Sie glaubt mir nicht.« Die Tränen stürzen erneut hervor.

Er hat recht. Ich habe das Geld.

»Vielleicht kann ich die Sache klären.«

Melissa erscheint in der Tür. »Dieses Scheusal. Der Kerl hat auch noch die Frechheit und will das Geld für den Vorhang zurück.« Ihre Tonlage geht hoch und runter wie bei einer Sirene.

»Melissa ...« wagt Kille sie vorsichtig zu besänftigen.

Der Blonde schluchzt laut und wendet sich ab.

»Ruhe jetzt«, befehle ich. Ich richte den zweiten Sessel auf. »Bitte!«

Melissa setzt sich. Kille stellt sich hinter sie.

»Welches Geld für welchen Vorhang?« frage ich.

Der Blonde geht einen halben Schritt auf mich zu. Er braucht mehrere Anläufe, um zu erklären, daß er den Vorhang im Flur angebracht und das Geld für den Stoff ausgelegt hat. Melissa unterbricht ihn immer wieder. Sie will ihm das Geld nicht geben, weil er sich angeblich schon selbst bedient hat. Die Einnahmen von zwei Monaten habe er gestohlen. Es ist offensichtlich, die beiden sind ein Paar und stehen in den Trümmern ihrer Beziehung. Melissa fühlt sich von ihm besonders betrogen, weil sie ihn weitgehend finanziert hat, denn er ist noch zur Ausbildung in einem Reisebüro angestellt. Ihm versagt immer wieder die Stimme, weil er es nicht ertragen kann, von ihr als Dieb bezeichnet zu werden.

»Wie haben Sie bemerkt, daß das Geld verschwunden ist?«

»Ich kam von einem Termin zurück ...«

»Man hat Sie aus dem Haus gelockt?«

Sie stutzt. »Das stimmt. Die Person und die Adresse gab es gar nicht.« Nachdenklich fährt sie fort. »Die beiden Sicherheitsschlösser waren nicht abgeschlossen. Ich dachte, Oliver ist gekommen. Er hat als einziger einen Schlüssel.«

Demonstrativ zieht Oliver die Schlüssel heraus und wirft sie vor Melissas Füße. »Die kannst du zurückhaben. An dem Tag war ich im Reisebüro, von morgens bis abends, ich bin nicht mal zum Mittagessen raus. Du kannst die anderen fragen. Aber du bist ja an der Wahrheit nicht interessiert.«

Ich hebe den Schlüssel auf. Er nimmt ihn nicht zurück.

»Haben Sie ihm jemals von dem Geld erzählt?«

»Nein, aber es war doch nicht abgeschlossen.«

»Als Sie die Tür öffneten, wie war das?«

»Ganz normal.«

»Ganz normal?«

»Na ja, die Sicherheitsschlüssel ... also, sie gingen etwas schwer ins Schloß ...«

»So als wäre da eine Sperre?«

»Ja ...«

»Oder als ob jemand versucht hätte, das Schloß zu öffnen?«

Sie nickt. »Jetzt, wo Sie es sagen ...«

»Ich nehme an, jemand hat gewußt, daß Sie viel Geld in der Wohnung aufbewahren. Er hat Sie weggelockt ...« Ich breite die Arme aus.

»Aber wer?« Sie sieht mich stirnrunzelnd an.

»Vielleicht einer Ihrer Klienten, der sich ausrechnet, wieviel Sie am Tag einnehmen. Es gibt Leute, die schon für sehr wenig Geld sehr viel kriminelle Energie entwickeln.«

Melissas Kopf sinkt auf ihre Brust. Einen Augenblick ist es still. Dann atmet sie tief durch und sieht zu Oliver. »Es tut mir leid.«

Er hebt den Kopf und dreht ihn weg. Sie setzt neu an: »Ehrlich, ich war etwas ... versteh doch bitte.« Er will nicht.

»Ich bin Widder«, erklärt Melissa. »Das weißt du doch.« Kille nickt verständig.

Olivers Kopf schraubt sich noch ein wenig höher. »Ich geh dann«, sagt er. Er will nicht aufgehalten werden. Ein so hübscher Junge hat viele Möglichkeiten. Jetzt kommen Melissa die Tränen. Kille beugt sich zu ihr runter, gibt ihr ein Taschentuch. Melissa fängt sich schnell. Eine so schöne Frau, die keine Frau ist, hat viele Möglichkeiten.

Ich möchte den Rest auch noch aufklären. »Der Überfall neulich ...«

Melissa winkt ab: »Es war nicht so. Wir hatten uns gestritten.« Sie will nicht weitererzählen.

»Und?« fordere ich.

»Er hat mich gestoßen, und ich bin mit dem Kopf gegen den Türrahmen gefallen. Im Krankenhaus dachte ich dann, daß ein Überfall auf mich eine gute Werbung sein könnte.«

»Typisch Widder«, ergänze ich. Kille sieht mich verblüfft an. Ich zucke mit den Schultern. »War nur ein Testballon.«

Melissa steht auf. Unter ihren Schuhen knirscht das Glas.

»Wir helfen dir beim Aufräumen«, sagt Kille. Sie geht in die Küche, um einen Besen zu holen.

Melissa steht mir nachdenklich gegenüber. Langsam zeigt sich ein Lächeln. »Ihr Horoskop, ich nehme an ...«

Ich hebe beide Hände. »Kein Problem.«

Sie wird wieder ernst. »Seltsam, daß ich bei Ihnen so viel Geld gesehen habe ...«

»Ist doch klar, eines Tages werde ich reich und berühmt«, stoppe ich sie.

»Ich wußte es gleich, Sie glauben nicht an die Wahrheit der Planeten.«

Sie wendet sich ab, betrachtet die Scherben ihrer Gegenwart.

»Ich denke«, sage ich langsam, »meine Zukunft ist im Dunkeln besser aufgehoben.«

Almuth Heuner *Innenrevision*

Die Fahrstuhltüren öffneten sich, aber es stieg niemand aus. Der einzige Fahrgast, eine Frau, saß an die Rückwand gelehnt auf dem Boden. Die Beine waren ausgestreckt, die Hände im Schoß gefaltet, dunkelblauer Rock und Jacke glattgezogen, die Augen geschlossen. Es roch nach teurem Parfüm, und die rötlichen Haare wirkten frisch toupiert. Nur der Festiger erschien mir ungewöhnlich.

Gitte sah mich an, klemmte die Fahrstuhltür im Rahmen fest und beugte sich über die sitzende Frau.

»Sie hat Blut in den Haaren«, sagte Gitte. »Und ich glaube, sie ist tot.«

»Dafür sieht sie aber sehr ordentlich aus«, sagte ich, »ein ganz ungewohnter Anblick bei Fische-Geborenen.«

Gitte runzelte die Stirn. »Das ist ja eine schöne Bescherung! Polizei, Reporter – der ganze Aufruhr ... Sie hat ihren Job doch gut gemacht, das hat sie nicht verdient.«

Ich warf noch einen Blick auf Hiltrud Groppe, bislang Außenrevision, jetzt Leiche. Dann wurde mir schlecht.

Bei Schichtbeginn unseres Wachdienstes um acht Uhr abends, zwei Stunden vor diesem aufwühlenden Ereignis, hatte Gitte angefangen, von der mobilen Kletterwand zu schwärmen, die sie am Vortag bestiegen hatte. Wir saßen am kreisrunden Empfangspult in der Eingangshalle der Astra-Bank, unserem gemeinsamen Arbeitsplatz.

Gitte verlor sich in ihrer Begeisterung; ich ließ Wörter wie »Campbells«, »Rurps«, »Trashis« und »Jümarn« an mir vorbeirauschen – schließlich hatte ich unten gestanden und zugesehen, wie die Irren eine siebeneinhalb Meter hohe Wand erstiegen, die wegen irgendeines Geschäftsjubiläums an der Hauptwache aufgebaut worden war. Viel bemerkenswerter hatte ich gefunden, daß wir auch Felizitas Ibesch aus der Innenrevision getroffen hatten. Sie hätte ich dort am wenigsten erwartet. Gitte, Sternzeichen Steinbock, hat schließlich einen natürlichen Hang zum Abhang, aber die Ibesch war Zwilling. Während sie in einem ausgewaschenen T-Shirt und in den Hosen eines superteuren Kletterausrüsters unter Gitte an dem Kunstfelsen hing, versuchte ich höfliches Interesse für Gittes Sport aufzubringen – aus Dankbarkeit darüber, daß sie mich nicht unentwegt mit spitzen Bemerkungen über meine Leidenschaft eindeckte, zu der ich mich gemäß meinem eigenen Sternzeichen hingezogen fühlte: die Astrologie.

Doch im Augenblick fand ich es interessanter zu beobachten, wie die letzten Mitarbeiter das Haus verließen. Ich stieß Gitte an. »Sieh mal. Da ist Roland.«

Sie riß sich nur unwillig von den »Cliffhängern« los und betrachtete ihren Exfreund, der zusammen mit einer mir unbekannten, eleganten Frau durch die Sperre ging. »Ach, hat er schon wieder eine Neue?« brummte sie. »Die Groppe war wohl auch nicht vorzeigbar genug.«

»Wer ist denn das?« So lange trug Roland die Vorsilbe »ex« noch nicht, daher war ich mir nicht sicher, ob Gitte es schon verwunden hatte, daß er sie wegen der Groppe hatte sitzenlassen. Große Dauer hatte ich der Verbindung zwischen dem unsteten Schützen Roland und meiner auf geordnete Verhältnisse bedachten Kollegin Gitte nicht gegeben, aber das hatte ich ihr klugerweise verschwiegen.

»Hast du nicht gesehen, daß sie gemeinsam aus einem blauen Fahrstuhl gestiegen sind? Das ist Marga Owies, Leiterin Controlling.«

»Oh, und jetzt steigt man gemeinsam in ein Taxi.«

Meine Worte verhallten unbeachtet. Gitte starrte über die Sperre neben unserem Pult hinweg zu den Aufzügen hinüber und schenkte weder meiner Bemerkung noch dem ausgezeichneten Echo Gehör, das in der Eingangshalle erklang. Na ja, wir konnten es schließlich noch die ganze Nacht genießen, wenn es ruhig war.

Die marmorne Eingangshalle unseres verspiegelten Hochhauses in der Innenstadt von Frankfurt am Main ließ an ein Museum denken. Die Geschäftsleitung unterstrich diesen Eindruck noch, indem Besuchern seit neuestem vermittels Stellwänden der hauseigene Gemäldebestand aufgedrängt wurde, wodurch die Astra-Bank sich als Kunstsammlerin profilieren wollte. Großzügig ließ die Geschäftsleitung auch die Mitarbeiter aussuchen, mit welchen Bildern sie ihre Büros schmücken wollten.

Felizitas Ibesch näherte sich unserem Tisch. »Auf ein Wort«, sagte sie zu Gitte. »Haben Sie daran gedacht, jedes Bild einzeln mit einem Auslöser für die Alarmanlage zu versehen?«

»Selbstverständlich«, antwortete Gitte kühl.

»Die Bilder sind ein wertvoller Besitz, und ich habe

mich persönlich um die Auswahl gekümmert«, führte die Ibesch unnötigerweise aus. »Mir ist gar nicht wohl dabei, daß sie hier so offen herumhängen.«

»Mir auch nicht«, sagte Gitte, aber das hatte sie schon mehrfach gesagt.

»Wir behalten sie ja auch immer im Auge«, versuchte ich zu beschwichtigen.

»Das will ich hoffen. Aber ich sehe schon, daß Sie meine Bemühungen nicht richtig zu schätzen wissen. Nun, das tut wohl niemand hier. Guten Abend«, meinte die Ibesch frostig und rauschte davon.

»Was hat die denn?« fragte ich.

»Das sagt sie neuerdings dauernd ... Wieso kann die sich eigentlich die teure Ausrüstung leisten?« sinnierte Gitte hinter ihr her. »Und dann ist sie noch nicht mal besonders gut beim Klettern.«

»Neidisch?«

»Nein«, sagte Gitte und sah mich erstaunt an. »Auf was auch? Ich wundere mich nur.«

Mit einem so schnellen Eintreffen der Kripo hatte ich nicht gerechnet, aber andererseits ging es um einen Todesfall in einer Frankfurter Bank, vielleicht sind sie da noch wegen früher empfindlich. In den Siebzigern war die Mode aufgekommen, gerade an Frankfurter Banken durch Attentate auf Vorstandsmitglieder politische Exempel zu statuieren. Da auch die Kleidung der Siebziger wieder in war, konnten ja andere Vorlieben ebenfalls erneut Mode werden.

Der Hauptkommissar hatte noch einen Kommissar bei

sich, der unsere Aussagen schwungvoll in ein Notizbuch eintrug.

»Wir haben die Leiche von Hiltrud Groppe, Abteilung Außenrevision, um 22 Uhr 15 im Fahrstuhl hier unten entdeckt«, sagte Gitte.

»Dazu kommen wir gleich. Erst mal Ihre Perso-«, meinte der Hauptkommissar.

»Brigitte Kaper, Leiterin der Abteilung Sicherheit.«

»Sonja Leng, auch Sicherheit«, sagte ich, damit wir vorankamen. »Wir haben zur Zeit Dienst am Empfang, und unsere Schicht geht von zwanzig bis sechs Uhr.«

Der Hauptkommissar sah sich in der Eingangshalle um, starrte an die verspiegelte Decke acht Meter über uns und auf die riesigen Glasflächen zwischen den Marmorsäulen, während sein Kollege schrieb. »Und Sie kontrollieren alle, die in der Bank ein- und ausgehen. Wird das dokumentiert? Gibt es noch andere Zugänge?«

Gitte erklärte ihm, daß der Haupteingang der einzige Eingang war und daß wir an unserer Empfangskanzel jederzeit eine Liste der im Haus befindlichen (oder befindlich gewesenen) Personen nebst Uhrzeiten ausdrucken konnten. Wir stellten Codekarten aus und vergaben Zugangsberechtigungen für Gebäude und Abteilungen. Die Bank mußte sich schützen, auch wenn in diesem Gebäude kein Geld aufbewahrt wurde.

»Sonja, mach den beiden mal Besucherausweise«, warf sie mir zu und fuhr zu den Polizisten gewandt fort: »Alle Ausweise werden an der Sperre vor den Fahrstühlen in ein Lesegerät gesteckt.«

»Ich brauche mal Ihre Geburtsdaten, wegen der Ausweise«, unterbrach ich.

Dachte ich's mir doch, beides Löwen. Wie kamen sie nur miteinander aus?

Gitte demonstrierte mit den neu programmierten Codekarten, wie man durch die Sperre kam, und der Hauptkommissar bat mich, die komplette Liste von heute auszudrucken. Dann versammelten sich alle vor der Fahrstuhlbatterie.

»In der Kabine selbst ist sie nicht erschlagen worden, schätze ich«, meinte der Kommissar. »Keine Waffe und zuwenig Blut. Dann wollen wir mal die Stockwerke überprüfen.« Und trat vor eine Fahrstuhltür mit blauem Rahmen, über der groß stand: ›31 – Dach‹.

»Damit kommen Sie aber nicht zum Tatort«, sagte Gitte. »Sie lag in einem roten Aufzug, deswegen muß sie zwischen hier und dem zwanzigsten Stock ermordet worden sein. Ihr Büro ist übrigens im vierundzwanzigsten.«

Der Kommissar deutete auf die grünen Fahrstühle. »Wieso, kann man mit denen nicht auch in, sagen wir mal, den zehnten Stock?«

»Nein«, meinte Gitte. »Sehen Sie hier das Schema: Die Fahrstühle im Astra-Gebäude sind in drei Gruppen aufgeteilt, rot, grün und blau. Alle starten vom Erdgeschoß und halten auch im ersten Stock bei der Kantine. Aber dann fährt die Gruppe Rot nur in die Stockwerke zwei bis zwanzig – Innenrevision und Personal, die Gruppe Grün, Außenrevision und Anlageberatung, hält nur in einundzwanzig bis dreißig, und die Gruppe Blau ab dem einunddreißigsten Stock ist für Controlling und Vorstand reserviert.«

Der Kommissar schrieb mit.

»Will beispielsweise ein Vorstandsmitglied zur Außenrevision, muß es erst bis zur Kantine oder Eingangshalle hinunterfahren und dann in einen grünen Fahrstuhl umsteigen«, erklärte ich, weil der Hauptkommissar immer noch verwirrt aussah. »Aber damit kann man nicht unterwegs mal kurz in der Innenrevision anhalten, denn die erreicht man nur mit einem roten Lift.«

Ob es ihnen jetzt klar war, weiß ich nicht. Jedenfalls fuhren die beiden mit Gitte los – in einem roten Aufzug.

Wenig später rückte der Erkennungsdienst an, und ich hatte alle Hände voll zu tun, Ausweise auszustellen, die Fahrstühle zu erklären, unsere Liste noch mindestens dreimal auszudrucken und ein paarmal die Alarmanlage für die Bilder abzustellen, weil erst jemand versehentlich an eine Stellwand gestoßen war und dann ein anderer prüfen wollte, wie das funktionierte.

Der Erkennungsdienst war wieder abgerückt, und die beiden Löwen standen noch einen Moment mit uns am Empfang.

»Es war also ein Blumenkübel«, meinte Gitte. »Aus Terrakotta – das engt das Feld nicht gerade ein, denn solche stehen in allen Stockwerken. Nur in der Kantine haben wir Plastik, und hier unten natürlich Marmor. Die Dinger sind schwer; der Mörder muß ganz schön kräftig sein.«

»Warum wurde sie denn nicht in ihrem Büro umgebracht?« fragte ich. »Wie kam sie überhaupt in einen roten Fahrstuhl?«

»Tja«, sagte der Hauptkommissar, »der Erkennungsdienst hat im zehnten Stock Spuren von Terrakottastaub vor dem Fahrstuhl gefunden und die Reste des Kübels in einem Papierkorb. Jetzt kann ich Ihre Liste gut gebrauchen: Während natürlich alle verdächtig sind, die zur Tatzeit im Haus waren, wirft der Staub im Zehnten kein gutes Licht auf die, die dort ihre Büros haben.«

»Und wann war die Tatzeit?« wollte Gitte wissen.

»Nicht vor acht, schätze ich, aber das werden wir morgen nach der Obduktion genauer wissen.« Der Hauptkommissar blätterte durch den langen Ausdruck. »Sind das alle von heute? Na, ist ja ordentlich lang. Wobei mich die am meisten interessieren, die spät gegangen sind.«

»Ich glaube, daß wir den Cateringservice ignorieren können, auch wenn sie erst nach acht das Haus verlassen haben«, meinte Gitte.

»Auf die fragenden Blicke der Polizisten erklärte ich: »Morgen feiern wir den hundertsten Geburtstag unseres Firmengründers, so was kann auch wegen eines Mordes nicht so einfach verlegt werden ...«

»Dann halte ich es für eine gute Idee, wenn Sie vorläufig niemanden davon informieren«, ordnete der Hauptkommissar an. »Den Vorstand haben wir schon unterrichtet.«

Die beiden Kripobeamten verabschiedeten sich nicht ohne die Ermahnung, daß wir morgen im Laufe des Tages im Präsidium zur Aussage vorbeikommen sollten.

Die Blumenkübel in der Halle hatten mich bislang immer an Eisbecher erinnert. Jetzt fiel mir auf, wie sehr sie im Grunde Urnen ähnelten.

»Ich dulde keine Unordnung. Schon gar nicht in meiner Bank«, faßte Gitte die Situation zusammen, als die Polizei weg war. Ein typischer Steinbocksatz, auch wenn sie selbst das nicht wahrhaben wollte.

»War dir denn die Leiche nicht ordentlich genug?«

Gitte warf mir einen Blick zu, den ich nicht ganz deuten konnte. Dabei war meine Frage durchaus ernst gemeint. Die Leiche war bestimmt eine der ordentlichsten gewesen, auf die man außerhalb von Trauerhallen stoßen konnte. Der Mörder hatte Hiltrud Groppe sorgfältig mit einem Blumenkübel erschlagen, die Scherben, Erde und Ficusreste zusammengefegt und in einen Papierkorb befördert, die Leiche in ansprechender Haltung im nächstgelegenen Fahrstuhl drapiert und dann alle anderen Spuren gründlich beseitigt. Wahrscheinlich handelte es sich eher um eine Mörderin. Ein Mann konnte es schon deshalb nicht gewesen sein, weil Männer selten so ordentlich waren. Sie hätten zum Beispiel vergessen, Handfeger und Kehrblech zurück in den Abstellraum zu bringen ... Für Überlegungen dieser Art hatte Gitte nur wenig Verständnis.

»Ich werd's wohl selbst machen müssen.« Sie seufzte schwer.

»Was denn?« Für mich als Fisch waren die Sätze eines Steinbocks nicht lang genug. Es fehlte darin die nötige Information, um das Gemeinte zu erfassen; statt dessen mußte ich mein ganzes Einfühlungsvermögen aufbieten, um Gittes knappen Gedankengängen folgen zu können. Oft ließ sie mich im dunkeln tappen, wie jetzt, und ich hegte den Verdacht, daß sie es bewußt und mit Genuß tat.

»Na, den Mörder finden!« meinte sie gönnerhaft. »Dann kann ich ihn morgen der Polizei präsentieren, und das Durcheinander hier hat ein Ende.«

Das sah ihr ganz ähnlich. Steinböcke identifizieren sich mit den Maßstäben der Gemeinschaft und treten regelnd dafür ein. Kopernikus hat das Sonnensystem neu geordnet. Konrad Duden konnte das Durcheinander der Schreibweisen nicht ertragen und verfaßte Regeln für die deutsche Rechtschreibung.

»Ich nehm's auch persönlich, wenn jemand meine Mit-Fische umbringt, selbst wenn mir die Groppe ziemlich unsympathisch war. Aber ganz so einfach ist es sicher nicht, die Mörderin zu finden«, wandte ich ein. »Kennst du dich etwa mit Spurensicherung aus? Oder psychologischen Täterpro-«

»Der Mörder findet sich meist im engsten Umfeld des Opfers«, unterbrach sie mich, während sie in der Liste blätterte, die wir für uns noch einmal ausgedruckt hatten. »Sehen wir mal, welche der werten Kollegen dazugehören. Am besten konzentrieren wir uns auf das Motiv; Mittel – sind klar, der Kübel stand ja handlich da, und Gelegenheit hätten wohl alle gehabt.«

»Ich nicht«, protestierte ich.

»Wenn wir ein überzeugendes Motiv finden, das mit den Begleitumständen der Tat zusammenpaßt, haben wir auch den Täter!« verkündete Gitte. »So einfach ist das.«

»Die Vorgehensweise sagt etwas über das Geburtszeichen des Täters aus, das hilft uns weiter«, versuchte ich ihre Aufmerksamkeit wiederzuerlangen. »Es scheint die Tat eines Steinbocks zu sein.«

Sie musterte mich seltsam forschend. Astrologie hielt sie für irrelevant. Mich wunderte, daß sie mich jetzt weiterreden ließ.

»Keine Schnörkel, keine große Planung, sondern kühn eine sich bietende Gelegenheit ergriffen – ein ordentlicher Schlag auf den Kopf, fertig«, führte ich aus. »Sonst käme nur noch jemand vom Zeichen der Jungfrau auf die Idee, die Leiche so akkurat hinzusetzen und sogar die Haare frisch zu toupieren. Der Mond läuft außerdem gerade über den Mars, das macht reizbar ... Nein, eine Jungfrau würde nicht so spontan aktiv werden. Saturn steht zur Zeit im Steinbock, dem zugehörigen Zeichen. Wir sollten nach einem Steinbock suchen.«

»Willst du damit sagen, daß du mich verdächtigst?« fragte Gitte nachdenklich.

Meine wortreichen Beteuerungen des Gegenteils beachtete sie nicht. Waren Steinböcke einmal von einer Idee besessen, hielten sie so lange daran fest, bis eine andere Idee oder bessere Einsicht von ihnen Besitz ergriff. Das konnte eine Weile dauern.

»Wegen Roland!« meinte sie. »Das könnte mein Motiv sein: Rache. Roland hat mich schließlich wegen der Groppe verlassen. Gelegenheit hatte ich auch, schließlich war ich vor Schichtbeginn noch kurz in der Personalabteilung. Und die Mittel sind ja klar.«

Mir tat es schon leid, überhaupt etwas gesagt zu haben. »Rache ist doch kein Motiv für einen Steinbock. Und es müssen auch noch andere Steinböcke im Haus gewesen sein vorhin. Ich kann mir nicht vorstellen, daß du es warst. Was ist mit den Kollegen oder vielleicht mit Besuchern?«

»Hm, wenn ich's mir recht überlege, ist da was dran«, gab sie geistesabwesend zu und nahm die Liste wieder zur Hand. Wenigstens gestanden Steinböcke einen Irrtum bereitwillig ein. »Wenn wir keine Anhaltspunkte haben, können wir geradesogut nach dem Geburtsdatum vorgehen, obwohl ich das für wenig relevant halte.«

Wir starrten eine Weile auf die Liste und dachten nach.

»Roland könnte es aber auch gewesen sein!« Gitte sprang auf und schritt tatendurstig hinter dem Tisch auf und ab. In der Uniform des Sicherheitsdienstes, die ihr übrigens ausgezeichnet stand, hätte sie in einer modernen Wagner-Inszenierung eine hervorragende Walküre abgegeben. Nur der unter einem auffälligen Steinbocksignet eingestickte Name lenkte vom Gedanken an Brünhilde ab.

»Roland? Warum sollte dein Exfreund seine Geliebte umbringen?« fragte ich. »Bei Problemen tun Schützen so, als gäbe es gar keine, und ignorieren sie einfach.«

Gitte wirkte ungeduldig. »Ach, deine Astrologie ist mir nicht handfest genug. Ich verlasse mich lieber auf meine Beobachtungen wie die von heute abend. Und der Abgang von Roland Zagitter mit Marga Owies sagt mir, daß die Tage mit der Groppe bereits gezählt waren. Na, das ist ja schon mal was«, meinte sie erfreut und kringelte Rolands Namen rot ein. Nach einiger Überlegung tat sie das auch bei der Owies. »Sie könnte ihm dabei geholfen haben. Liebe macht blind.«

»Was ist mit den Leuten aus dem Zehnten?«

Gitte faltete die Liste ganz auseinander. »Hier müßten doch auch die Kennungen für die Abteilungen sein ...«

Sie verglich eifrig die Kennzahlen und strich alle, die nicht in den passenden Stockwerken von zwei bis zwanzig arbeiteten.

»Möchtest du nicht auch dich und mich streichen?« fragte ich. »Ich war die ganze Zeit hier.«

»Mich streiche ich aber erst, wenn ich sicher bin, daß ich's nicht war«, knurrte Gitte.

Als sie Roland durchstreichen wollte, hielt ich ihre Hand fest. »Roland hätte von seinem Büro im Neunundzwanzigsten zur Kantine runter und mit einem roten Aufzug in den Zehnten fahren können, dort die Groppe umbringen und wieder zurückkehren können.«

»Das hätten aber auch alle anderen tun können ... Nach einem guten Motiv zu suchen ist schon am besten.« Gitte kringelte Roland zum zweiten Mal rot ein. »Viel interessanter finde ich die Frage, was eigentlich die Groppe um diese Zeit in der Innenrevision zu suchen hatte. Sie gehörte doch zur Außenrevision. Normalerweise haben die beiden Abteilungen kaum miteinander zu tun.«

»Vielleicht hat die Ibesch sie zu sich zitiert«, mutmaßte ich. »Auf ein Wort!«

Die Innenrevision betrachteten wir alle mit schiefem Blick. Wer konnte wissen, ob sie sich nicht morgen schon auf uns stürzten und uns unkorrekten Vorgehens bezichtigten? Besonders gefürchtet war Felizitas Ibesch, die mit dem Schlachtruf ›Verschwendung‹ die Notwendigkeit jeder Ausgabe erst einmal bezweifelte und akribisch jeder noch so kleinen Abweichung von den hauseigenen Vorschriften hinterherfahndete. Sie nahm jeden Verstoß sehr persönlich. Selbst wir von der Sicherheit waren nicht gefeit gegen ihre Durchleuchtung. Wehe, ein Vorgang war nicht ordnungsgemäß ausgeführt und dokumentiert worden – Frau Ibesch kannte keine Gnade und beraumte mit der Einleitung »Herr (oder Frau) Soundso, auf ein Wort!« sofort ein klärendes Gespräch an.

»Obwohl ich mir nicht erklären kann, was die Ibesch spät abends hier immer noch macht«, fuhr sie fort.

»Vielleicht kontrolliert sie, ob in jedem Büro noch das Gemälde hängt, das sich der Mitarbeiter aus dem Bankfundus ausgeliehen hat? Nach Dienstschluß könnte sie das ja gut machen ...«

»Blödsinn!« befand Gitte. »Aber mir ist aufgefallen, daß die Ibesch für die Bilder schon immer ein besonderes Interesse hatte.«

»Der würde ich's schon zutrauen, daß sie abends rumschleicht und prüft, ob die Bilder noch da sind. Ach, da fällt mir ein: Hat sie nicht neulich die Spesenabrechnungen der Außenrevision durchleuchtet? Ich meine, ich hätte in der Kantine mal so was gehört. Das würde auch erklären, warum die Groppe im zehnten Stock war. Sie hatte wahrscheinlich ein Meeting mit der Ibesch.«

»Ich verstehe nicht, wie du das immer alles mitkriegst. Und es dir auch noch merkst.«

»Für uns Fische hängt eben alles mit allem zusammen, jede Kleinigkeit ist ein Baustein –« hub ich an.

»Ein Beweis wäre mir lieber.«

»Daß dir als geradlinig denkendem Steinbock Spekulationen nicht zusagen, erklärt sich laut Döbereiner –«

»Ja, ja, das hast du schon öfter gesagt. Doch all deine Astrologiebücher helfen uns hier nicht weiter. Du solltest dich lieber mehr auf deine Arbeit konzentrieren.«

»Hier sind auch die Geburtstage.« Ich deutete auf eine Spalte unserer Liste. »Ich hätte gedacht, daß in der Innenrevision nur Steinböcke arbeiten würden – aber es ist kein einziger dabei! Wo doch Steinböcke als sparsam und ordnungsliebend gelten ... Wirklich komisch, daß die Ibesch Zwilling ist. Die sind doch eigentlich viel zu schlampig und ungenau für so einen Job. Sie können sich keine fünf Minuten lang konzentrieren und wissen nie, was sie wollen, außerdem sind Zahlen völlig uninteressant für sie.«

Gitte trommelte mit den Fingern auf der Liste. »Das würde aber zumindest erklären, warum die Ibesch so miserabel klettert.«

»Ja, es ist schon eigenartig, daß es einen Zwilling so in die Höhe zieht«, meinte ich. »Laß mal sehen – Marga Owies ist Widder, na, dann hält es sie bestimmt nicht länger auf einem Posten. Widder sind im Grunde –«

»Erspar's mir«, unterbrach sie. »Am besten mache ich mal schnell einen Rundgang. Vielleicht fällt mir was auf, das die Polizei übersehen hat. Die können ja nicht wissen, was in die Büros gehört und was womöglich fehlt.«

Während Gitte unterwegs war, wanderte ich zwischen den Stellwänden herum und sah mir zum x-ten Mal die Bilder an. Schon erstaunlich, vor allem die Titel der Motive; unter ›Komposition 21‹ beispielsweise hätte ich mir nun nicht gerade das vorgestellt, was der Künstler gestaltet hatte: Es war fast ausschließlich in einem dunklen Blaugrau gehalten, und darauf verteilten sich in regelmäßigen Abständen kurze, schwarze Striche.

Nach geraumer Zeit tauchte Gitte wieder auf.

»Na endlich!« begrüßte ich sie. »Du kannst dir nicht vorstellen, wie langweilig es ist, nur mit dieser Kunst als Gesellschaft. Besonders scheußlich finde ich das Bild direkt hier vorne.«

Gitte sah flüchtig zu den Stellwänden hinüber. »Wieso? Ich find's ganz ordentlich. Aber keine Sorge, wahrscheinlich hängt die Ibesch morgen alles um. Sie hat schon einen ganzen Stapel in ihrem Büro zurechtgestellt.«

»Und? Hast du irgendwas gefunden?«

Gitte schüttelte den Kopf. »Wir müssen morgen nachmittag bei der Party Augen und Ohren offen halten, vielleicht erfahren wir etwas über das Motiv. Und wer dann kein lückenloses Alibi hat, kann was erleben!«

Ich malte mir in Gedanken schon aus, wie Gitte ihr eigenes Alibi widerlegte und sich als Hauptverdächtige der Polizei übergab.

Der Cateringservice hatte sich wirklich die allergrößte Mühe gegeben, den Empfang für die Mitarbeiter anläßlich des hundertsten Geburtstags unseres Firmengründers

Simon Leberecht zum Event zu gestalten. Wie die Kripo es gewünscht hatte, erfuhr vorerst niemand von dem Mord. Sie würden es früh genug erfahren, meinte der Vorstandssprecher zu Gitte und mir und beschwor uns, nichts zu sagen. »Lassen Sie die Leute die Feier genießen«, schloß er und begab sich dann zu dem separaten Diner für die hohen Tiere im Sitzungssaal unterm Dach.

Für das Fest hatte der Vorstand als Motto ›Per aspera ad astra‹ vorgeschlagen, was der Cateringservice in ein Transparent mit der Aufschrift ›Die Sterne stehen günstig‹ umgesetzt hatte. Das Transparent hing über dem Büffet, das wie Geschirr und Speisen und der ganze Raum mit Sternen geschmückt war.

Besonders beim Essen war die liebevolle Hand eines astrologisch kundigen Menschen zu erkennen, der für jedes Sternzeichen ein eigenes Gericht ersonnen hatte. Wahrscheinlich ein Fisch. Wer sonst könnte darauf kommen, dem Krebs kleine Hähnchenschnitzel mit Mandelpanzer anzubieten oder Sushi für den Wassermann und gefüllte Zucchiniblüten für die stilvolle Waage hinzustellen? Interessanterweise blieben die meisten tatsächlich bei dem für ihr Sternzeichen vorgesehenen Essen.

Der gute Leberecht hatte viel von Astrologie gehalten. Mit einem sternförmigen Schälchen voll Bouillabaisse in der Hand betrachtete ich sein Porträt in Öl, das einen Ehrenplatz in der Kantine einnahm. Zu seiner Zeit wurden nicht nur geschäftliche Angelegenheiten streng nach Horoskop abgewickelt, nein, auch die Mitarbeiter wurden nach ihren Sternzeichen ausgewählt und eingesetzt. Wie gern hätte ich damals gelebt! Die heutige Geschäftsleitung sah in der Astrologie höchstens noch eine Quelle für Werbeideen. Anläßlich des heutigen Festtages gab es vom Vorstand kleine Geschenke: Horoskop-Armbanduhren in astrologisch korrekten Farben und passende Bettlektüre für das entsprechende Sternzeichen.

Gitte und ich wollten wenigstens ein paar Runden durch die Menge drehen, bevor unsere Schicht begann. Ich sollte vor allem auf Roland und die Owies achten und sie in ein Gespräch verwickeln. So versuchte ich die beiden in dem Gewühl im Auge zu behalten, aber ich war weiter der Ansicht, daß als Mörder am ehesten ein weiblicher Steinbock in Frage kam, und so paßte ich auf, wer sich dem Steinbock-Essen näherte.

Hinter mir tratschten ein paar über irgendwelche fehlgeschlagenen Gehaltsverhandlungen. »Und dann ist sie empört rausgerauscht mit den Worten: ›Niemand hier weiß meine Arbeit richtig zu schätzen!‹« Gekicher folgte.

Wo hatte ich diesen Satz schon gehört? Ich dachte so angestrengt darüber nach, daß mir Rolands Nahen entging.

»Sonja, du hast deine Suppe am Getränkestand vergessen«, sagte er und reichte mir das Schälchen.

Mein Essen hatte ich in der Aufregung irgendwo abgestellt und es schon fast aufgegeben, danach zu suchen. Ich nahm die Schale und bedankte mich bei ihm. Eigentlich war Roland immer nett zu mir gewesen, obwohl ich ihn nicht leiden konnte und er das auch wußte. Konnte ich ihn jetzt als Mörder sehen? Er genoß in aller Ruhe seine Minikartoffelpuffer mit Lachstatar. Bestimmt hatte er gestern abend keinen Mord begangen.

Hinter ihm schob sich Marga Owies zu uns heran. Ach ja – Hiltrud Groppe war sicher schon Vergangenheit für ihn, wenn er auch noch nicht wußte, wie sehr.

Bevor Roland sich jedoch mit Marga aus dem Staub machen konnte, wichen die Leute um uns auseinander, und Felizitas Ibesch schritt auf uns zu.

Sofort dachte ich darüber nach, ob ich in letzter Zeit auch wirklich nur das unterschrieben hatte, was ich auch unterschreiben durfte. Dann fiel mir siedendheiß ein, daß ich immer noch nicht überprüft hatte, ob die Daten der Codekarten korrekt und noch aktuell waren. Sicher hieß es gleich: »Frau Leng, auf ein Wort ...«

Doch Frau Ibesch hatte es gar nicht auf mich abgesehen. Sie baute sich vor Roland auf.

»Herr Zagitter, auf ein Wort! Mir ist aufgefallen, daß Sie die von Ihnen ausgeliehenen Bilder noch nicht zurückgebracht haben. Wann dürfen wir denn damit rechnen? Sie wissen doch, daß die mit in der Eingangshalle ausgestellt werden sollen.«

Roland murmelte etwas und versuchte, sich unauffällig zurückzuziehen. Hinter der Ibesch erspähte ich Gitte, die sich zielstrebig zum Ausgang durchschlängelte. Ich trat einige Schritte zurück, um weiterhin alle im Blickfeld zu behalten.

Dabei fiel mein Blick auf den Teller, den Felizitas Ibesch in der Hand hatte. Für Zwillinge war eine indonesische Reistafel aufgebaut. Doch statt eines Satéspießchens schwenkte die Ibesch ein Schmalzbrot, während sie Roland in die Enge trieb. Ein Schmalzbrot? Zwar hätte es einem Zwilling ähnlich gesehen, von allem einmal zu naschen, aber grundsätzlich nur die feinsten Bissen! Ordinäres Schmalzbrot, die heimliche Leidenschaft der Steinböcke, die das Einfache schätzten, war für sie viel zu bodenständig.

Das Geburtsdatum der Ibesch war in meinem Computer als ›01.06.‹ eingetragen, und so hatte es auch auf der Liste gestanden, die Gitte und ich gestern abend vor uns gehabt hatten. Wir übernahmen nicht die Dateien aus der Personalabteilung, sondern legten beim Ausstellen der Codekarten neue an. Doch ich konnte mir nicht vorstellen, warum jemand ein falsches Geburtsdatum angeben sollte. Viel wahrscheinlicher war da ein Zahlendreher ... Dann war sie in Wirklichkeit ein Steinbock!

Da brauchte ich den Hinweis auch nicht mehr, daß hinter mir jemand hämisch kommentierte: »Sieh an! Da kommt die Frau, deren Arbeit niemand zu schätzen weiß!«

Gitte mußte unbedingt sofort erfahren, was ich herausgefunden hatte! Ich versuchte, ihr ein Zeichen zu machen, daß sie auf mich warten sollte, aber einen zum Handeln entschlossenen Steinbock hält so gut wie nichts auf. Ich fuchtelte immer heftiger in Richtung Ibesch. Gitte kam zu mir.

»Ein Steinbock!« zischte ich ihr zu. »Die Ibesch ist ein Steinbock!«

»Ich hab's gehört. Mir ist jetzt auch alles klar«, sagte sie, für meinen Geschmack etwas zu laut.

»Wieso, woher weißt du –«

»Ich muß noch mal in ihr Büro, wegen der Bilder!« Gitte war nicht aufzuhalten. Daß sie auf ein in ihren Augen windiges Argument hin spontan in Aktion trat, überraschte mich. Doch zum Nachdenken blieb keine Zeit.

Als ich mich umdrehte, mußte ich leider feststellen, daß Felizitas Ibesch unser Gespräch mitbekommen hatte und sich ihrerseits, mit einem finsteren Blick auf mich, zum sofortigen Handeln entschloß. »Nichts könnt ihr mir anhängen«, fauchte sie mir zu, nahm sich nur noch die Zeit, ihr Schmalzbrot abzulegen, und stürmte dann mit großen Schritten hinter Gitte her.

Ich rannte ihr nach. Alle anderen beobachteten uns neugierig, wandten sich dann aber wieder ihrem Essen und den Gesprächen zu.

In der Tür zur Kantine stieß ich mit den beiden Kripomännern von gestern abend zusammen.

»Warum sind Sie nicht ins Präsidium –« setzte der eine Polizist an und hielt mich am Arm fest.

Ich riß mich los. »Tut mir leid!« Dann bremste ich mich. »Was machen Sie eigentlich hier?«

Sie wollten Gitte und mich jetzt –

»Ja, ja, Sie kommen mir gerade recht«, sagte ich atemlos. »Ich habe gerade herausgefunden, daß die Ibesch ein Steinbock ist – sie muß es gewesen sein!«

Ihren gerunzelten Stirnen nach zu urteilen, konnten sie mit dieser Information nichts anfangen. Löwen eben, immer direkt, immer konkret.

Trotzdem folgten sie mir in den Fahrstuhl.

Im zehnten Stock sahen wir gerade noch, wie Gitte in einen anderen Fahrstuhl sprang. »In ihrem Büro! Die Bilder!« rief sie mir zu, dann schlossen sich die Fahrstuhltüren hinter ihr.

Ich führte die beiden Kommissare in das Büro von Felizitas Ibesch. Hinter der Tür fanden wir eine ganze Reihe von Gemälden aus dem Fundus der Bank. Alle hatten das handliche Aktentaschenformat, in dem sie leicht an unserem Tisch vorbei aus dem Haus getragen werden konnten. Erst war mir nicht klar, was Gitte daran aufgefallen war – dann sah ich, daß sie keine Inventarnummern trugen. Und ganz vorn stand eins, das mir sehr bekannt vorkam: die blaugraue ›Komposition 21‹ mit schwarzen Strichen ...

»Können Sie uns erklären, was das bedeuten soll?« fragte der eine Kommissar.

»Ich glaube«, sagte ich langsam, weil ich es selbst erst begreifen mußte, »daß Frau Ibesch von den Bildern Kopien hat anfertigen lassen. Wahrscheinlich wollte sie die mit den Originalen vertauschen und diese dann verkaufen. Manche der Gemälde sind einiges wert.«

»Wo kommen die denn her?« wollte der andere Kommissar wissen.

»Die Bank kauft schon seit Jahren Werke von jungen oder unbekannten Künstlern an. Und einige werden schließlich auch wertvoll.« Gitte mußte sofort erkannt haben, was es mit den Bildern auf sich hatte und warum die Ibesch sich schon immer so intensiv damit beschäftigte. Als sie dazukam und merkte, daß Gitte ihr auf die Schliche gekommen war, hatte sie den Kopf verloren und war geflüchtet. »Vermutlich hat sie nicht gedacht, daß es jemandem auffallen würde.«

»Und wo sind die Damen jetzt hin?«

Gute Frage. Wohin würde ein Steinbock fliehen? Bestimmt nach oben, wo er Platz zum Kämpfen hatte.

»Aufs Dach!« sagte ich. »Aber dazu müssen wir erst wieder runter, von hier aus fährt kein Fahrstuhl nach oben.«

Wir fuhren hinunter zum ersten Stock und stiegen dort um in einen Aufzug der Gruppe Blau – Vorstand, Controlling und Dachterrasse. Als wir oben ankamen, stand die Tür zum Dach weit offen.

Die oberste Dachterrasse der Astra-Bank ist nur mit einer hüfthohen Brüstung umgeben und dreieckig wie das ganze Gebäude, aber um dreißig Grad dagegen versetzt. Vom Hubschrauber aus wirkte der Grundriß der Astra-Bank sternförmig. Wahrscheinlich hielt der Architekt das Mäuerchen für einen ausreichenden Schutz gegen einen Sturz. Etwa zwanzig Meter tiefer gab es noch eine Terrasse, die den Sitzungssaal des Vorstands umgab.

Auf der Gebäudeseite Richtung Taunus entdeckten wir Felizitas Ibesch, die gerade versuchte, Gitte über die Brüstung zu stürzen.

Ich wollte schreien, aber der Kommissar hielt mir die Hand vor den Mund. »Nicht«, flüsterte er. Der Hauptkommissar ging langsam auf die Kämpfenden zu.

Die Ibesch drängte Gitte gegen die Brüstung. Beide

keuchten, schoben und drückten. Gitte wurde immer fester an die Brüstung gepreßt, ihr Oberkörper Zentimeter für Zentimeter nach hinten gebogen. Schon hing sie mit Kopf und Schultern über dem Abgrund. Allein beim Gedanken an die hundertsechsundachtzig Meter bis nach unten wurde mir mulmig. Fische sind für diese Höhen nicht geschaffen.

Einen Steinbock hingegen läßt das völlig kalt. Gitte krallte ihre klettererprobten Finger in die Oberarme ihrer Gegnerin und hakte einen Fuß von außen hinter ihr Sprunggelenk. Ganz offensichtlich war sie entschlossen, nicht allein über die Brüstung zu fallen.

Hoffentlich, so schoß es mir durch den Kopf, würde es bei Gittes Tod nicht heißen, daß die Mörderin den ›Rücksturz zur Erde‹ zu wörtlich genommen habe.

Der Hauptkommissar ging langsam auf die beiden zu. »Frau Ibesch?« sagte er dabei ruhig.

Die Ibesch drehte den Kopf und sah sich zu ihm um. Dabei lockerte sie unwillkürlich ihren Griff. Das war Gittes Chance! Sie warf sich mit aller Kraft nach vorn. Instinktiv wich die Ibesch zurück, fiel über Gittes Fuß und landete auf dem Rücken. Bevor Gitte reagieren konnte, stieß die Ibesch sie beiseite, kickte die Schuhe von den Füßen und war mit einem Satz auf der Brüstung. Sie lief ein Stück, sah nach unten, dann zu uns – und war weg.

»Ist sie runtergesprungen?« rief der Kommissar. Beide Kripobeamte und Gitte stürzten an die Brüstung.

»Nein«, schnaufte Gitte. »Sie versucht runterzuklettern. Schneiden Sie ihr den Weg ab!« Dann schwang sie sich über die Brüstung.

»Was macht sie da?« fragte der Kommissar.

»Was meint sie mit ›Weg abschneiden‹?« wollte der Hauptkommissar von mir wissen.

Ich wollte es nicht sehen, aber es half nichts, ich mußte selbst einen Blick hinunterwerfen, um zu verstehen, was Gitte vorhatte. Ich schlich zu den beiden Polizisten, klammerte mich an ihnen fest und schob meine Nasenspitze ein paar Millimeter über die Brüstung, bis ich einen schnellen Blick in die Tiefe tun konnte. Dann zuckte ich sofort zurück.

»Haben Sie die Fensterputzgondel gesehen? Nein«, schrie ich auf, »bitte gucken Sie da nicht noch mal runter, das macht mich krank!« Ich rang nach Luft, um meine Angst in den Griff zu bekommen. »Ich glaube, die Ibesch will zu der Gondel, und Gitte will ihr den Weg versperren. Dann bleibt der Ibesch nichts anderes übrig, als bis zur Terrasse des Sitzungssaals zu klettern, wo gerade das Vorstandsessen ist.«

Der Hauptkommissar nickte. »Und der Vorstand wird sich zwar wundern, sie aber reinlassen, und dann ist sie – schwups! – einfach weg. Kommen Sie!«

Ich schüttelte den Kopf, aber das war ein Fehler. Meine Knie gaben unter mir nach, und ich sank zu Boden. »Gehen Sie allein, ich komme nach.«

Sie wirkten ein bißchen unentschlossen, spurteten dann aber doch los.

Ich saß an die Brüstung gelehnt und konnte mir genau vorstellen, wie die beiden Frauen jetzt Handbreit um Handbreit die Fassade nach unten kletterten, denn ich hatte es ja erst vor zwei Tagen gesehen. Jede Ritze, jedes alte Bohrloch nutzten sie, um sich darin festzuklammern, quetschten die Füße in Spalten, wo kaum ein Blatt Papier reinpaßte, und hielten sich an der geringsten Unebenheit der Fassadenplatten fest.

Nur daß es diesmal nicht siebeneinhalb Meter, sondern das Fünfundzwanzigfache davon nach unten ging, und das ohne Seil und Ausrüstung.

Gitte war gut, beruhigte ich mich und fing an, auf Händen und Füßen zum Fahrstuhl zurückzukriechen. Und sie war in der Dienstkleidung viel beweglicher als die Ibesch im Kostüm. Die rutschfesten Sohlen ihrer Schuhe waren den bestrumpften Füßen auch überlegen. Wenn ich die Augen schloß, wußte ich, wie Gitte sich mit den Fingern hielt, während ihre Füße nach der nächsten Ritze tasteten. Zwanzig Meter, was war das schon?

Ich bot die Reste meiner Willenskraft auf, um mir nicht vorstellen zu müssen, wie Gitte und die Ibesch jetzt vielleicht an der wild hin und her schwankenden Gondel darum kämpften, wer einsteigen und wer runterfallen würde. Besser, ich legte mich ganz ruhig hin.

Hoch über mir sah ich einen von der Abendsonne beschienenen Düsenjet Richtung Flughafen schweben. Der Ausblick auf den Taunus war heute bei der klaren Luft bestimmt besonders gut, aber ich glaube, niemand wußte das richtig zu schätzen.

Felizitas Ibesch wurde im Angesicht des tafelnden Vorstands verhaftet, unter Gittes handgreiflicher Mitwirkung.

Bei der Vernehmung gestand sie, die Groppe erschlagen zu haben. Sie hatte sie zu sich bestellt, um mit ihr über die ungeheure Verschwendungssucht in der Außenrevision zu sprechen. Einen sparsamen Steinbock, der sich mit seiner Firma identifiziert und dem folglich auch die Finanzen seines Arbeitgebers sehr am Herzen liegen, kann so etwas zur Raserei treiben.

Aber die Groppe war zu früh gekommen und hatte die Ibesch noch beim Umpacken der gefälschten Bilder angetroffen, mit denen sie ihr Gehalt zu einer, wie sie fand, angemessenen Höhe aufpolsterte. Und als ausgerechnet die Verschwenderin dieses bequeme Arrangement zunichte zu machen drohte, indem sie sich über die Bilder beugte, sich laut wunderte, daß keine Inventarnummern drauf waren, und mit einer anzüglichen Bemerkung über die »Splitter im Auge des anderen« davonstöckelte – da fiel bei Felizitas Ibesch die Klappe. Sie lief der Groppe zum Fahrstuhl hinterher und schlug zu.

Insgesamt war nun auch für meine steinbockige Kollegin die Welt wieder in gewohnter Ordnung. Meinen Schwächeanfall übersah sie großzügig. Nur eine Kleinigkeit störte sie noch.

»Wie konnte dir dieser Zahlendreher unterlaufen?«

Ich versuchte zu erklären, daß die Daten damals von einer amerikanischen Mitarbeiterin eingegeben worden seien und in den USA das Datum andersherum notiert werde.

Doch das interessierte Gitte nicht. »Dann mußt du mal alles durchgehen und abgleichen.«

»Was macht das schon aus, ein falsches Geburtsdatum?« versuchte ich mich vor ihrem Unmut zu retten. »Vielleicht wären wir schon eher auf die Ibesch gekommen, aber es gab ja in dem Sinne keine greifbaren Beweise, bevor das mit den Bildern klar war. Ich dachte, für dich wäre Astrologie nicht handfest genug?«

»Na ja, einen gewissen Nutzen hatte sie schon ...«

»Dann habe ich dich davon überzeugt, daß etwas dran ist?« fragte ich. »Als ich dir gesagt habe, daß sie ein Steinbock ist, war dir gleich klar, daß sie die Mörderin sein muß?«

»Überzeugt hast du mich nur davon, daß offenbar auch völlig irrelevante Hinweise auf die richtige Spur führen können«, gab sie zurück. »Mir fiel nämlich in dem Moment ein, daß du dich über die scheußlichen Bilder beschwert hattest und ich einige davon auch in ihrem Büro gesehen hatte. Als sie mich dann vor ihrem Büro eingeholt hatte, schrie sie mir zu, daß sie mit dem Mord nichts zu tun hätte, und da war dann alles klar. Aber deine chaotische Dateneingabe hat dabei doch überhaupt keine Rolle gespielt.«

Ich seufzte. Auch wenn ein Steinbock fähig war, seine Meinung zu ändern, eines blieb gleich: Ein Steinbock sorgt immer sofort für Ordnung – und wenn es sein muß, noch auf allen vieren.

Robert Brack *Wir waren Cops*

Als Peter-und-Paul den zerknitterten Brief hervorkramte, war Max Jericho schon ziemlich hinüber. Er versuchte zwar, seinen Kumpel über das Bierglas hinweg zu fixieren, brachte aber nur einen scheelen Blick zustande. Sie standen am Tresen von »Olga's Ecke« am Hans-Albers-Platz nahe der Reeperbahn.

»Ich bin total fertig«, sagte Peter-und-Paul, der eigentlich Peter-Paul Harbach hieß, von seinen Freunden aber scherzhaft Peter-und-Paul genannt wurde. Wegen seines Leibesumfangs. Max hatte das mal aufgebracht. »Mensch Paule«, hatte er gesagt, »in dich passen glatt zwei Leute rein. Peter-und-Paul!« Seitdem hatte er diesen Spitznamen. Das war schon lange her, und er zuckte gar nicht mehr zusammen, wenn er so angesprochen wurde. Zu Anfang hatte es ihn verletzt, weil er damals gerade darüber nachgegrübelt hatte, ob ihm eine Diät guttun würde. Inzwischen hatte er sich mit seinem Leibesumfang und dem Spitznamen abgefunden.

Peter-und-Paul hatte sein Bier noch nicht angerührt. Max war schon beim vierten.

»Was denn eigentlich los mit dir?« fragte Max.

»Ich bin am Ende, Max. Echt.«

»Na, komm, mach mal halblang, Alter.«

»Am Ende«, wiederholte Peter-und-Paul. Heute war wirklich nichts mit ihm anzufangen.

Max fuhr sich mit der Hand über den Kopf. Er hatte sich einen Mecki schneiden lassen. Das wirkte jugendlicher. Peter-und-Paul mit seinen langen Zotteln sah zwanzig Jahre älter aus als er. Konnte gut und gerne als Senior durchgehen. Max dagegen hatte das Gefühl, seit einiger Zeit jünger zu werden. Zurück Richtung dreißig. Vielleicht lag's daran, daß er im Lotto gewonnen hatte. Das glaubte ihm zwar keiner, aber es war so wahr wie die sechs Nullen hinter der Eins auf seinem Bankkonto. Er hatte immer einen Packen Hunderter in der Brusttasche seiner Jeansjacke und spendierte gern. Trotzdem sahen ihn alle ungläubig an, wenn er über seine besondere Beziehung zur Lottofee schwadronierte.

»Trink doch mal«, sagte Max. »Und dann erzähl mir, was los ist.«

»Ich krieg nichts runter.«

Max leerte sein eigenes Glas und zog das seines Kumpels zu sich herüber. »Vielleicht 'n Schnaps?«

Peter-und-Paul zuckte unschlüssig mit den Schultern und blickte sich nervös um. Niemand schien sich für die beiden zu interessieren, weder die drei kartenspielenden Rentner am Tisch neben dem verrosteten Gasofen, noch die beiden Punks, die sich über den Inhalt der Musicbox lustig machten und Sauren tranken.

»So fertig kannst du gar nicht sein, daß du keinen Schnaps mehr runterkriegst«, sagte Max.

Er winkte der hageren Frau mit dem kantigen Gesicht zu, die hinterm Tresen stand. »Zwei Gläschen vom Besten.« Olga starrte mißbilligend zu den Punks hinüber, die sich über Peter Orloff, Bernd Clüver und Rex Gildo amüsierten, und beugte sich dann zum Kühlfach.

»Der Beste« war ein polnischer Wodka, den Olgas Mann von einem Cousin direkt importierte. 65 Prozent. Olga schenkte zwei Schnapsgläser randvoll, und Max drückte das eine davon seinem Kumpel in die rechte Hand. In der linken hielt Peter-und-Paul den Brief. Er zitterte so sehr, daß er die Hälfte des Schnapses verschüttet hatte, bevor Max das Kommando zum Kippen geben konnte.

Max grunzte zufrieden, nachdem er das Glas auf Ex geleert hatte.

Peter-und-Paul stand da und zitterte immer noch.

»Trink doch!« sagte Max.

Peter-und-Paul trank zögernd und bekam einen Hustenanfall. Sein Gesicht lief krebsrot an. In letzter Zeit machte ihm sein Blutdruck ganz schön zu schaffen.

»Ich hab tagelang nicht mehr geschlafen«, sagte Peter-und-Paul.

»Schlaf doch nachts«, meinte Max. »Viele tun das.«

»Das ist nicht witzig.«

Max hob entschuldigend die Hände.

Peter-und-Paul deutete auf einen Tisch. »Wollen wir uns nicht setzen?« Erschöpft sank er auf den Stuhl und schob Max den blauen Briefumschlag zu.

»Was ist das? Werbung?« fragte Max.

»Erpressung.«

»Echt?«

Max nahm den Brief in die Hand. Kein Absender. Er zuckte mit den Schultern. »Was steht'n drin?«

»Mach doch auf.«

Max holte den blauen Brief heraus und faltete ihn auseinander. Die aus einer Zeitung ausgeschnittenen Buchstaben verschwammen. Zwar fühlte er sich in letzter Zeit jugendlicher, aber irgend etwas war mit seinen Augen. Vielleicht lag's am Schnaps, jedenfalls hatte er Probleme, die Schrift zu fixieren. Er hielt den Zettel weiter weg. Jetzt ging's besser.

Sehr geehrter Herr Harbach, stand da geschrieben, *Sie werden Ihrem Lebensplan nicht gerecht. Sie wurden am 23. Dezember 1956 im Zeichen des Steinbocks geboren. Bisher ist Ihr Leben jedoch alles andere als eine typische Steinbock-Biographie. Ändern Sie das! Schnell! Wir werden sonst Maßnahmen ergreifen! Als Zeichen Ihres Einverständnisses bitten wir Sie, die Summe von DM 1956 in dem Schließfach 2312 am Hamburger Hauptbahnhof zu deponieren.*

Max warf den Brief nachlässig auf den Tisch.

»Das ist doch eindeutig Erpressung«, sagte Peter-und-Paul.

»Schließfach 2312? 1956 Mark? Was soll das denn?«

»Weiß ich nicht. Das ist es ja. Ich versteh nicht, was das soll.«

»Ein Tag vor Weihnachten«, stellte Max fest. »Du hast einen Tag vor Weihnachten Geburtstag.« Er lallte ein bißchen. »Der große Bruder vom Christkind ...«

Peter-und-Paul sah ihn unglücklich an. »Du nimmst das nicht ernst.«

»Klar nehm ich das ernst, Alter.« Max versuchte, seinem

Kumpel den Arm um die Schulter zu legen, doch Peter-und-Paul schüttelte ihn gleich wieder ab.

»Das ist jetzt schon der dritte Brief. Ich wußte gar nicht, daß ich Steinbock bin.«

»Du kennst dein Sternzeichen nicht?«

»Ich hab nie drüber nachgedacht. Weißt du dein Sternzeichen?«

»Klar, Mann. Ich bin Zwilling.«

Max trank den Rest Wodka aus.

»Zwilling?«

Max stellte das Glas auf den Tisch zurück und winkte Olga zu.

»Genau.«

Olga kam rüber und schenkte nach.

»Und wie ist das so als Zwilling?« fragte Peter-und-Paul.

»Keine Ahnung. Bedeutet wohl, daß ich schize bin oder so.«

»Schizo«, verbesserte Peter-und-Paul.

»Vielleicht sogar das.« Max griff nach dem gefüllten Glas. »Ich bin irgendwie doppelt oder gespalten oder beides.« Er nippte am Wodka. »Und wie ist es bei dir?«

Peter-und-Paul dachte nach. Sein Gesichtsausdruck wurde immer bekümmerter. Er zuckte mit den Schultern.

»Ich hab keine Ahnung, was einer als Steinbock so macht. Und dann bekomm ich solche Briefe. Ich hab echt Schiß. Ich meine, das ist doch eine Drohung.«

»Klarer Fall von Erpressung«, nickte Max, kippte den

Wodka weg und würgte mit Wohlbehagen. Dann winkte er der Wirtin zu, die gerade drei Kurze für die Rentner fertig machte. »He, Olga, wo hast'n die Mopo?«

»Liegt da, wo sie immer liegt«, sagte Olga, ohne aufzusehen.

Max schlurfte zu dem kleinen nierenförmigen Tisch unter der Garderobe und griff sich die Nachtausgabe der *Morgenpost*. Er blätterte sie hastig durch und fand im Kulturteil die aktuellen Horoskope. Er riß die Seite raus und kam zurück.

»Hier«, sagte er und hielt die Seite hoch.

Peter-und-Paul sah ihn ratlos an.

»Muß doch was drüber drinstehen im Horoskop, wenn es in diesem Fall um Sternzeichen geht, oder?«

»Wie meinst'n das?«

»Paß auf.« Max hielt die Zeitungsseite in die Höhe und las stockend vor: »Ein großer Erfolg steht vor der Tür. Vergessen Sie Ihre Freunde nicht. Hochmut kommt vor dem Fall.« Max sah seinen Kumpel an. »Na bitte, was regst du dich denn auf?«

»War das über dich?«

»Quatsch! Über dich, Idiot!«

»Ich bin doch gar nicht hochmütig.«

»Nach dem Erfolg bist du's dann.«

»Erfolg?«

»Steht hier.«

»Na, ich weiß nicht.«

Max deutete auf den Erpresserbrief.

Plötzlich flackerte ein Hoffnungsschimmer über Peter-

und-Pauls Gesicht. »Kannst du mir das Geld leihen?« fragte er.

Max schnappte sich das Wodkaglas seines Freundes und putzte es weg. Dann schüttelte er heftig den Kopf.

»Nee, nee, nee«, sagte er.

»Was denn?« fragte Peter-und-Paul.

»Du liest die falschen Heftchen«, sagte er.

Peter-und-Paul blickte ihn verwirrt an. »Wieso?«

»Jon Savage und so'n Gruselscheiß mit Gespenstern. Ich hab früher Jerry Cotton gelesen. Das ist was für die Birne.« Max tippte sich gegen die Schläfe. »Polizeiarbeit und so.«

»Was meinst'n damit?«

Max stellte das Glas so knapp auf die Tischkante, daß es gerade noch stehenblieb. »Jerry hätte dir reinen Wein eingeschenkt. Aber Jerry ist nicht da. Also sag ich's dir.« Er legte eine Pause ein, um es spannender zu machen. Peter-und-Paul hing an seinen Lippen.

Max kippelte mit dem Stuhl.

»Weißt du, was Jerry dir sagen würde, wenn er jetzt hier säße?« Max kippelte noch stärker.

»Nee, was denn?«

»Erpresser schießen nicht ...«

Peter-und-Paul war kurz davor aufzuatmen.

»... aber sie kriegen nie genug. Sie kommen wieder. Beim zweiten Mal wollen sie doppelt so viel. Beim dritten Mal das Vierfache. Beim vierten das ...« Max rechnete, kam zu keinem Ergebnis und stockte.

Peter-und-Paul sank in sich zusammen.

»Kapiert?« fragte Max.

Sein Kumpel nickte.

»Es hat also gar keinen Zweck, daß ich dir Geld gebe. Es hört nämlich nie auf.«

»Es hört nie auf«, wiederholte Peter-und-Paul hoffnungslos.

»Genau.« Max nickte und breitete die Arme aus. »Aber was ...«

Weiter kam er nicht. Der Stuhl kippte nach hinten, und Max krachte mit dem Hinterkopf auf den staubigen Holzfußboden.

»Jetzt reicht's aber!« Olga stürmte hinter dem Tresen hervor. »Das letzte Mal, als ihr so einen Quatsch gemacht habt, ist mein halber Gläservorrat in Arsch gegangen.«

Olga griff sich Max am Kragen, zog ihn hoch und schob ihn Richtung Tür.

»Hab ich doch alles bezahlt«, stotterte Max.

»Meinst du, es macht mir Spaß, dauernd was Neues zu kaufen?« rief Olga und beförderte ihn mit Schwung nach draußen. Max wollte ihr noch ein paar Geldscheine in die Hand drücken, aber Olga war schon wieder drinnen. Die Hunderter segelten zu Boden. Max hielt sich taumelnd an der Hauswand fest.

Peter-und-Paul trat aus der Kneipe, sammelte das Geld ein und stopfte es seinem Freund in die Hosentasche. Max grinste ihn an.

»He, Steinbock«, sagte er. »Weißt du, was wir jetzt machen?«

»Hm?«

»Wir spielen Jerry Cotton.«

»Ich glaub, ich will nach Hause.«

»Quatsch. Wir stellen Nachforschungen an.«

»Worüber denn?«

»Über dich, du alter Steinbock.« Max kicherte.

Dann hängte er sich bei seinem Kumpel ein und zog ihn mit sich fort. »Komm, ich weiß schon, wo wir hin müssen ... Phil.«

»Phil?«

»Wenn ich Jerry Cotton bin, bist du mein Kollege Phil Decker. Bester Freund. Kapiert?«

»Ich weiß nicht, Max ...«

»He, Phil!« Max klopfte seinem Kumpel leutselig auf die Schulter. »Sag einfach Jerry zu mir, okay?«

Peter-und-Paul zuckte mit den Schultern. Da war nichts zu machen. Er kannte das schon. Wenn Max erstmal auf so einem Trip war, konnte ihn keiner davon abbringen.

Max tigerte über die Reeperbahn, Peter-und-Paul im Schlepptau. Es war Wochenende, und sie schwammen gegen den Touristenstrom. Es roch nach Döner Kebap, Pizza, Pisse und Dieselabgasen. Reisebusse verstopften die zweispurige Fahrbahn. Freche Nutten stellten sich potentiellen Freiern in den Weg, Penner blockierten Hauseingänge, jugendliche Nachtschwärmer kamen ihnen pulkweise entgegen.

Sie liefen zwischen den stillstehenden Autos hindurch zur anderen Straßenseite.

Peter-und-Paul warf den Würstchen auf dem Elektrogrill des dänischen Hot-Dog-Stands einen sehnsüchtigen Blick zu. Der grellerleuchtete Imbiß kam ihm wie eine Oase der Ruhe vor. Er war müde. Total ausgepowert. Seit Tagen hatte er kein Gruselheftchen mehr gelesen. Er vermißte es nicht mal. Dabei konnte er sich normalerweise nichts Schöneres vorstellen, als mit einer Flasche Schnaps und einem Jon-Savage-Heftchen im Park zu sitzen und sich auszumalen, wie gleich ein Monster aus den Büschen kommen und er dann ganz cool bleiben würde, während alle anderen in Panik ausbrachen.

Sie bogen in die Talstraße. Peter-und-Paul war jetzt ziemlich außer Atem. »He! Max! Wo willst du denn hin?«

Max reagierte nicht.

»Jerry! Was hast du vor?«

»Wir verhören Eso-Ede, Phil.«

»Eso-Ede? Aber – «

»Er kennt sich mit Sternzeichen aus.«

»Aber Eso-Ede – «

»Keine Bange, ich hab genug Kohle dabei.« Max klopfte gegen seine pralle Brusttasche.

Sie liefen am Hauptquartier der Heilsarmee vorbei, und dann blieb Max so abrupt stehen, daß Peter-und-Paul gegen ihn rannte.

»Tschuldigung ...«

Max hob die Hand. »Cool bleiben, Phil.«

Hoffentlich kommt er bald von dem Trip runter, dachte Peter-und-Paul, sonst landen wir noch in der Klapse, und das wäre schlimmer als alles andere.

Sie standen vor einem schmalen Schaufenster, hinter

dem sich Gerümpel türmte. Bei genauerem Hinsehen konnte man alte Möbel, Bücherregale, Plakate mit fremdartigen Symbolen und mystische Bilder an den Wänden ausmachen. »Antiquariat für Suchende« stand in aufgeklebten Buchstaben auf der Scheibe. Ein Mobile, das die Milchstraße darstellte, hing von der Decke, auf der Erdkugel saß eine Puppe, die den Baron von Münchhausen darstellte.

»Die Sonne scheint immer ...«, las Peter-und-Paul auf einem Zettel, der an der Tür klebte, »... 24 Stunden geöffnet.«

Max schob die Tür so heftig auf, daß sie gegen die Wand knallte. Peter-und-Paul schloß sie sorgfältig wieder, nachdem sie eingetreten waren, und sah, wie Ede auf seinem Sofa aufschreckte. Der muffige Geruch nach Staub und alten Büchern wurde vom Aroma fernöstlicher Räucherstäbchen überlagert.

»Max?«

»Jerry.«

»Jerry?«

»Cotton.«

»Was soll das denn jetzt?«

Max deutete mit dem Daumen über seine Schulter. Peter-und-Paul versteckte sich hinter Max' relativ breiten Schultern.

»Mein Kumpel Phil.«

»Was wollt ihr denn hier?«

Der schmächtige Ede schob die Wolldecke beiseite und setzte sich hin.

»Hast du was zu trinken da?« fragte Max. »Bier oder so?«

Eso-Ede hob die Arme. »Kein Alkohol in meiner Hütte! Die Zeiten sind vorbei.«

»Schade«, sagte Max. »War doch 'ne schöne Zeit damals, als wir alle zusammen rumgehangen haben.«

»Ich bin beinahe draufgegangen wegen dieser Sauferei«, sagte Eso-Ede. »Ihr seht übrigens auch nicht gerade gesund aus.«

»Tut nichts zur Sache«, sagte Max.

Peter-und-Pauls Blick fiel auf ein Buch mit dem Titel *Wege aus der Finsternis*. Es lag auf einem alten Tisch, von dem der Linoleumbelag abblätterte. Daneben stapelten sich zahllose andere alte Schinken.

»Das solltest du lesen!« rief Eso-Ede.

Peter-und-Paul zuckte zusammen.

»Hat mich auf den rechten Weg gebracht«, sagte Ede.

Max lachte abfällig. »Kommen da Monster vor oder sowas? Was anderes liest der doch nicht.«

»Das Monster ist in dir«, sagte Ede und sah Peter-und-Paul an. Bohrender Blick.

Peter-und-Paul wandte sich ab und legte das Buch zurück. Was meinte er damit, das Monster ist in dir?

»Spürst du es?« bohrte Ede nach.

Peter-und-Paul fühlte sich unwohl. Hier war kaum Platz. Überall Bücherregale. Rechts neben ihm türmten sich ledergebundene Schwarten bis unter die Decke. ›Ephemeriden‹ war in Gold auf die Buchrücken gedruckt. Links stapelten sich die gesammelten Werke von Leuten mit so beeindruckenden Namen wie Gurdjeff, Ouspensky und Blavatsky. Auch auf dem Fußboden lagen Bücher herum. Peter-und-Paul spürte ein Kratzen im Hals und ein Jucken in der Nase.

»Schluß jetzt. Wir wollen Fakten«, sagte Max und trat ein paar Schritte näher ans Sofa.

»Fakten sind Fiktionen«, sagte Ede.

»Infos«, verbesserte Max.

»Dann macht doch den Fernseher an.«

»Es geht um Erpressung«, sagte Max.

Ede deutete mit der rechten Hand müde auf seine Bücherberge. »Nehmt mir alles, dann gebt ihr mir mehr, als ich tragen kann.«

»Du verstehst uns falsch. Wir wollen dich nicht erpressen.«

»Nicht? Warum steht ihr dann so rum? Setzt euch doch.«

Ede deutete auf zwei wackelig aussehende Stühle.

»Wie wär's mit einem Yogi-Tee?« fragte er, nachdem sie sich gesetzt hatten.

»Was für 'n ...?« fragte Max.

»Oh, sehr gern ...« sagte Peter-und-Paul. Ein Tee war genau das, was er jetzt brauchte.

»Steht immer bereit«, sagte Ede und deutete auf die große Kanne auf dem Stövchen. Er goß drei Schalen voll. »Vorsicht, heiß.«

Peter-und-Paul nippte an dem würzig riechenden Gebräu. Schmeckte seltsam, aber irgendwie gut.

Max mußte husten. »Verdammt, was' denn das für 'n scharfes Zeug?«

Ede kicherte. »Die Milch der frommen Denkungsart ist es nicht gerade, aber garantiert absolut alkoholfrei.«

Peter-und-Paul hoffte, daß der Tee das Monster in ihm besänftigte.

»Bah!« sagte Max und stellte die Schale zurück auf den Tisch.

»Also schießt los«, sagte Ede. »Wer wird erpreßt?«

Peter-und-Paul zuckte zusammen.

»Ein Steinbock«, sagte Max.

Peter-und-Paul nahm hastig noch einen Schluck Yogi-Tee und sah zur Wand, wo ein riesiges Plakat den Sternenhimmel und die Sternzeichen zeigte. Der Steinbock sah überhaupt nicht aus, wie Peter-und-Paul sich das vorgestellt hatte. War bloß so ein Haken im Himmel.

»Und?« fragte Ede.

»Phil und ich«, sagte Max, »brauchen Infos. Von wegen Sternzeichen und so.«

»Phil?«

»Mein Partner.« Max deutete auf Peter-und-Paul.

»Aha.«

»Also?« Max sah Ede erwartungsvoll an.

»Was wollt ihr denn wissen?«

»Wie ist er so, der Steinbock?«

Ede runzelte die Stirn. »Allgemein und alles?«

»Jepp.«

»Ernst und gründlich geht der Steinbock zu Werke. Er ist ein gewissenhafter Mensch, sehr selbstsicher, mitunter verschwiegen, jedenfalls keine Plaudertasche.«

Auf Peter-und-Pauls Gesicht erschien die Andeutung eines Lächelns.

»Nachdenklichkeit und Vernunft zeichnen den Steinbock aus«, fuhr Ede fort. »Pünktlichkeit, Entschlossenheit und Selbstsicherheit sind seine hervorstechendsten Eigenschaften. Er ist sparsam, strebsam und ausdauernd. Außerdem gutmütig.«

Peter-und-Paul nippte zufrieden an Max' Teeschale, die er sich gegriffen hatte. Sein Kumpel wurde immer unruhiger.

»Ist ja ein Supermann«, stellte Max fest. »Hat der keine Fehler, dieser verdammte Steinbock?«

»Arrogant, geizig, rechthaberisch, herrisch, zynisch, stur, rücksichtslos und egoistisch.«

Peter-und-Paul verschluckte sich.

Max lehnte sich zurück. »Wahnsinn. Was für 'n Arschloch.«

Peter-und-Paul fand, daß die negativen Eigenschaften überhaupt nicht auf ihn zutrafen. Eher schon auf Max. Aber der war ja Zwilling.

»Und sonst?« fragte Max.

»Das äußere Erscheinungsbild?«

»Na klar!«

»Knochige Gestalt. Groß, dünn, mitunter asketisch wirkend.«

Peter-und-Paul blickte irritiert zu Ede hin.

»Neigung zu Haltungsfehlern und zu Rheumatismus. Anfällig für psychosomatische Krankheiten.«

Peter-und-Paul zuckte zusammen. »Psycho?«

Ede hatte es nicht gehört. »Kommt gut mit Geld klar, der Steinbock«, sagte er. »Legt immer was auf die hohe Kante und hat die Begabung, das dicke Geld an der Börse zu machen.«

»Echt wahr?« fragte Max.

»Legt Wert auf Gerechtigkeit, hat Familiensinn. Ist ein Feinschmecker, kleidet sich klassisch.«

Max wandte sich zu Peter-und-Paul. »Was?« fragte er ungläubig. »Wegen der Currywurst, die du immer in dich reinstopfst?«

»Hot Dog ist mein Lieblingsessen«, verbesserte Peter-und-Paul.

»Ist das klassisch?« fragte Max und deutete auf Peter-und-Pauls durchgewetzte Cordhose, das zwei Nummern zu kleine, fleckige Jackett und die ausgelatschten Sandalen, in denen schmutzige, nackte Füße steckten.

»Natürlich«, löste Ede das Rätsel auf, »kommt es immer auch auf den Aszendenten an.«

»Wer ist das denn?« fragte Max.

»Ach, ihr Laien«, sagte Ede. »Warum wollt ihr soviel wissen? Trinkt doch einfach den Tee und geht eurer Wege.« Er griff nach der Kanne und schenkte nach.

Peter-und-Paul nahm ein weiteres Schälchen Yogi-Tee in Empfang.

»Laß mal«, sagte er. »Ich glaube, das bringt nichts.«

»Nix da«, sagte Max. »Wir wollen's wissen. Wer ist dieser Aszendent, und wieso mischt er sich ein?«

»Steinbock ist das Sonnenzeichen. Es beherrscht den Charakter eines Menschen. Aber beeinflußt wird er außerdem von dem Sternbild, daß zur Stunde der Geburt im Osten aufging. Das ist der Aszendent. Er hat einen nicht unerheblichen Einfluß, vor allem in der zweiten Lebenshälfte.«

»Wann beginnt denn die zweite Hälfte?« fragte Max.

»Das weiß man immer erst nach dem Tod, nicht?« erwiderte Ede und lächelte listig.

»Na, ich weiß nicht ...«, zweifelte Max.

»Aszendent Widder bedeutet Wohlstand, Stier bedeutet Depressionen, Zwilling steht für Zwiespalt.« Ede dachte kurz nach und fuhr fort: »Ist Krebs der Aszendent, wird die Vernunftbegabung durch Gefühlsaufwallungen gestört, der Löwe bewirkt Arroganz, die Jungfrau fördert die Sparsamkeit, die Waage den Leichtsinn, der Skorpion ist ehrgeizig ...« Ede stockte und brachte seinen Vortrag dann rasend schnell zu Ende. »Ist der Steinbock auch im Aszendenten, werden Selbstbeherrschung und Zielstrebigkeit zum Problem, Wassermann weckt das soziale Verantwortungsgefühl, Fische fördern die Spielleidenschaft.«

Max nickte Peter-und-Paul zu. »Also, Phil, wie sieht's mit dem Aszendenten aus?«

Peter-und-Paul zuckte mit den Schultern. »Woher soll ich das wissen?«

»Mist«, sagte Max.

»Um den Aszendenten zu bestimmen, braucht man Geburtsort und Geburtsstunde«, sagte Ede.

»Damit kriegt man ihn raus?« fragte Max.

»Kinderleicht. Geht alles mit Computer.« Ede deutete

auf seinen Macintosh, um den herum sich ein ganzes Altpapierlager angesammelt hatte.

»Also los!« forderte Max seinen Kumpel auf. »Geburtsort, Geburtsstunde.«

Peter-und-Paul zuckte wieder mit den Schultern. »Geboren bin ich einen Tag vor Weihnachten in Altona, später sind wir nach Hamburg gezogen. Aber die Stunde weiß ich nicht.«

»Mist«, sagte Max.

»Geht's um ihn?« fragte Ede.

»Nein«, sagte Peter-und-Paul.

»Ja«, sagte Max.

»Vergeßt es. Er ist kein Steinbock.«

»Was soll das denn heißen?« Max sprang auf.

»Nach alledem, was ich euch eben erzählt habe, dürfte wohl klar sein, daß er kein Steinbock sein kann.«

Max drehte sich zu seinem Kumpel um. »Kannst du's beweisen?«

Peter-und-Paul holte sein Plastikportemonnaie aus der Hosentasche und zog den Personalausweis hervor. »Hier bitte: 23. Dezember 1956. Mein Geburtsdatum. Das ist amtlich.«

»Kann nicht stimmen«, sagte Ede.

»Aber ...« Peter-und-Paul sah verwirrt auf seinen Ausweis.

»Entweder der ist gefälscht oder du selbst«, sagte Max.

Plötzliches Schweigen brach aus. Die drei sahen sich ratlos an.

»Tja, meine Herren«, sagte Ede schließlich. »Da kann man nichts machen.«

Max ging Richtung Tür. »Laß uns abdampfen. Hat keinen Zweck. Ich hab Durst.«

Peter-und-Paul hatte das Gefühl, daß das Monster in ihm sich jetzt ganz klein machte. Er spürte ein Zittern in der Brust. Er war müde. Max zog ihn am Arm vom Stuhl hoch. »Los jetzt!« Er schob ihn Richtung Tür.

»Moment noch«, sagte Ede.

»Was denn?«

»Mein Honorar. Ich hab einen Vortrag gehalten. Dafür werde ich im allgemeinen bezahlt.«

»Wieviel?«

»Soviel wie dein Karma dir gebietet.«

»Was soll'n das nun wieder heißen?«

»Alles, was du entbehren kannst.«

Max griff in die Brusttasche, zählte 100 Mark ab und hielt sie hoch. »Die brauchen wir zum Saufen. Den Rest kannst du haben.« Er warf die Scheine neben Ede aufs Sofa.

»Vielen Dank, das ist großzügig.«

»Bin ich immer«, sagte Max. »Rate mal, was für'n Sternzeichen.«

Ohne eine Antwort abzuwarten, stürmte er hinter Peter-und-Paul nach draußen.

»Sternzeichen Arschloch«, sagte Ede ungerührt und zählte die Scheine.

»Jetzt sehen wir aber alt aus«, stellte Max fest, als sie unschlüssig vor dem Hauptquartier der Heilsarmee von einem Fuß auf den anderen traten. Er starrte das Plakat im Schaufenster an. Es zeigte einen Trupp uniformierter Musikanten, die von einem Trompeter angeführt in den Himmel marschierten, wo der liebe Gott mit Rauschebart sie erwartete.

»Tja«, sagte Peter-und-Paul und steckte die Hände in die Taschen seiner Cordhose.

»Was machen wir jetzt?«

»Keine Ahnung.«

Max drehte sich einmal um die eigene Achse und breitete die Arme aus, als wollte er sich als Segelflieger versuchen.

»Ich will nach Hause«, murmelte Peter-und-Paul.

Max legte ihm eine Hand auf die Schulter. »Alter«, sagte er, »geh'n wir erst mal zu dir. Hast du noch was zu trinken?«

»Bier im Kühlschrank.«

»Na, also.«

Bis zu dem Haus, wo Peter-und-Paul in einer Sozialwohnung lebte, war es ohnehin nicht mehr weit. Einfach nur die Straße runter, und dann sah man schon den grün gekachelten Bau, dessen Fassade von zahllosen Graffitis verziert wurde. Eine steile Treppe führte zum Hochparterre. Da wo in der Tür mal Fensterscheiben gewesen waren, hatte jemand rohe Holzbretter angenagelt. Die Klingelknöpfe waren mit Kaugummi überklebt. Auch im Treppenhaus hatten sich die Sprayer ausgetobt. Ein paar nackt Glühbirnen, die von der Decke hingen, beleuchteten wilde Krakeleien in Leuchtschrift.

Um zur Treppe zu kommen, mußten sie an den zerbeulten Briefkästen vorbei.

Peter-und-Paul blieb abrupt stehen.

»Cool bleiben, Alter«, sagte Max.

»Scheiße«, sagte Peter-und-Paul. »Scheiße, Scheiße, Scheiße.« Mit zitternder Hand griff er nach dem blauen Brief, der aus dem Briefschlitz ragte und zog ihn heraus. Trotz der schummrigen Beleuchtung konnte Max erkennen, daß sein Kumpel kreidebleich geworden war.

»He«, sagte er. »Ist doch nur ein Fitzelchen Papier.«

Peter-und-Paul starrte den Brief an.

Max riß ihm ungeduldig den Umschlag aus der Hand, drehte sich zum Licht hin und schaute ihn sich an. »Eilzustellung mitten in der Nacht, ohne Briefmarke? Wie haben die das gemacht? Kurier? Was meinst du, Phil?«

»Ach hör doch auf. Ich hab die Schnauze voll.«

»Ist korrekt adressiert«, stellte Max fest. »Hier steht dein Name.«

Er riß den Brief auf.

»Oha«, sagte er.

Peter-und-Paul sah ihn erschrocken an.

»Jetzt drohen sie. Hör mal: ›Harbach! Trotz wiederholter Warnung haben Sie es bis heute versäumt, sich wie ein echter Steinbock zu benehmen. Ihr Lebenswandel mißfällt uns sehr! Zur Strafe fordern wir Sie ein letztes Mal auf, den Betrag von DM 1956 in das Schließfach Nummer 2312 am Hauptbahnhof zu legen. Sollten Sie es wieder versäumen, werden wir geeignete Maßnahmen ergreifen.‹«

Max hielt seinem Kumpel den Brief hin. Blaues Papier mit aufgeklebten Zeitungsbuchstaben. »Lies selbst!«

Peter-und-Paul schüttelte den Kopf. »Geeignete Maßnahmen?« fragte er.

»Die sind ganz schön hart drauf«, sagte Max.

Peter-und-Paul starrte eine Weile abwesend zu Boden, dann sah er seinen Kumpel an. »Sag mal, kann ich nicht mit zu dir kommen?«

»Zu mir?«

»Ja, nur für diese eine Nacht. Ich hab echt Schiß.«

»Na ja«, sagte Max, »ich weiß nicht recht. Bei mir ist es ziemlich eng.«

»Aber du hast doch ein Zimmer mehr als ich. Und du hast schließlich auch schon mal bei mir gepennt.«

»Schon, aber ...« Max trat nervös von einem Fuß auf den anderen.

»Bitte.«

»Hör mal ... ich glaub, das wäre ein Fehler.«

»Max!«

»Ich hab 'ne bessere Idee.«

Peter-und-Pauls Gesicht war ein einziger Ausdruck großer Enttäuschung.

»Es ist immer das gleiche«, sagte er. Aber Max hörte ihn gar nicht an. Seine Augen blitzten.

»Hör zu. Wir werden uns bewaffnen.«

»Was?«

»Ich hab doch noch mein altes Luftgewehr ... und wie ist das mit dem Gummiknüppel und den Handschellen? Das Zeug, das du früher als Wachmann hattest.«

»Ich glaub, das liegt noch unterm Bett.«

»Hol's her!«

»Wieso denn?«

»Wir knöpfen uns diese Typen vor.«

»Aber Max, wir wissen doch gar nicht, wer und wo ...«

Max schob seinen Kumpel zur Treppe. »Los, los, mach schon. Den Gummiknüppel! Und vergiß die Handschellen nicht, Phil!«

»Aber das ist doch Blödsinn.«

»Ist es nicht. Du warst doch mal bei der Truppe! Wir überwachen das Schließfach! Kapiert?«

Peter-und-Paul zuckte mit den Achseln und stieg mit hängenden Schultern die Treppe hinauf.

Max wartete unten. Scheißtypen, dachte er, diese verdammten Scheißkerle. Ihm war jetzt sonnenklar, wer hinter dieser ganzen Sache stecken mußte. Die Kumpels von früher. Die Typen, mit denen sie immer am Hauptbahnhof rumgehangen hatten. Die Arschlöcher, die ihm seinen Lottogewinn nicht geglaubt hatten. Die hatten nur dumme Sprüche geklopft, nach dem Motto: Zeig mal das Geld, dann machen wir einen drauf. Er hatte keine Lust gehabt, ihnen was zu spendieren. Die hatten ihn sowieso immer beklaut und anschließend behauptet, er hätte was verschenkt. Sogar seine Schuhe hatte ihm einer seiner angeblichen Freunde weggenommen, als er mal eingeschlafen war.

Peter-und-Paul war der einzige reelle Typ in der Clique gewesen. Ein bißchen still, aber in Ordnung. Außerdem las er genauso gern Heftchenromane wie er. Nicht Jerry Cotton, aber das war ja egal. Die anderen hatten das auch witzig gefunden und sie beide deswegen aufgezogen. Peter-und-Paul war ein echter Kumpel. Deshalb würde er ihm jetzt helfen. Wahrscheinlich wollten diese Scheißkerle sowieso ihn treffen. Na klar! Sein Geld wollten sie haben. Kriegten sie aber nicht! Auch wenn's für Max nur Peanuts waren.

Er kniff die Augen zusammen und grinste böse vor sich hin. Nicht mal Peanuts kriegen die von mir!

Gerade, als er schon glaubte, daß Peter-und-Paul auf der Suche nach seinen Wachmann-Utensilien unterm Bett vielleicht eingeschlafen war, kam er endlich wieder die Treppe heruntergeschlichen. Er hielt den Gummiknüppel, als sei es ein kaputter Regenschirm.

»Mitten in der Nacht«, sagte er zweifelnd, »ob das was bringt?«

»Die haben den Brief doch auch mitten in der Nacht in deinen Briefkasten gesteckt, oder?«

»Ja.«

»Na, also. Los jetzt, wir holen mein Gewehr. Gib mir die Handschellen!«

Während sie aus dem Hochparterre zur Straße hinunterstiegen, hängte Max sich das eine Paar Handschellen an den Gürtel. Jerry würde sie genauso tragen, da war er sicher. Peter-und-Paul steckte sich seine in die Hosentasche.

Max war so erpicht auf das Ausführen seines Plans, daß er nicht eine der Kneipen ansteuerte, die sich auf dem Weg von Peter-und-Pauls zu seiner Wohnung befanden. Peter-und-Paul hatte klammheimlich gehofft, sie würden in einer Spelunke hängenbleiben, und die Sache hätte sich erledigt. Doch so kam es nicht. Max holte sein Luftgewehr, und dann fuhren sie mit der ersten U-Bahn zum Hauptbahnhof.

Im Hauptbahnhof begann der Tag. Ein paar Drogentypen, ein paar Alkis und ein paar Penner standen den strebsamen Frühaufstehern im Weg. Die Croissantbäcker öffneten ihre Stände auf den beiden Galerien am Nord- und Südende der Bahnhofshalle, Kioskverkäufer schleppten schwere Zeitungsstapel in ihre Glasverschläge, hinter der Bio-Theke wurden die ersten frischen Säfte gemixt. Unten auf den Gleisen piepten die Automatiktüren eines ICE, und die Diesellok eines Nahverkehrszugs gab stinkende Rauchschwaden von sich.

Zwei gelangweilte Wachmänner zogen sich immer wieder die Handschuhe an und aus und gingen dann auf der Galerie spazieren. Peter-und-Paul versteckte sich hinter Max, um nicht von ihnen gesehen zu werden.

»Okay, Phil«, sagte Max. »Wenn die Typen da verschwunden sind, suchen wir nach dem Schließfach.«

Peter-und-Paul, der vorsorglich den Gummiknüppel unter der Jacke versteckt hatte, sah sich skeptisch um. »Meinst du wirklich, wir sollten das tun?«

»Wir werden die Scheißkerle festnageln«, sagte Max. »Du wirst schon sehen.

»Wohin ...?« fragte Peter-und-Paul.

»Da.« Max deutete in eine Nische zwischen S-Bahn-Eingang und Fernbahngleisen. Dort kampierten einige verlorengegangene Urlauber.

»Was ist mit dem Geld?« fragte Peter-und-Paul.

»Wirst du gleich sehen.«

Sie stiegen über einen vor sich hinsummenden Betrunkenen hinweg und traten in die Schließfachnische. Sie fanden das Fach mit der Nummer 2312. Der Schlüssel steckte. Max stellte sein Luftgewehr in die Ecke daneben.

Er zog die Schließfachtür auf und warf einen Blick rein. Das Fach war leer.

»Okay«, sagte er, »dann wollen wir mal.«

Zuhause hatte er sich mit Geld versorgt. Das kramte er jetzt hervor und zählte exakt 1956 Mark ab.

»Mußt du das denn so auffällig machen?« fragte Peter-und-Paul. Er blickte sich unbehaglich um.

»Muß ich.«

Max zog den blauen Briefumschlag aus seiner Hosentasche und stopfte das Geld rein. Er schrieb mit einem Kugelschreiber die Zahl ›1956‹ auf den Umschlag und legte ihn ins Fach.

Dann schob er die Tür zu, drehte den Schlüssel um, zog ihn ab und kniff die Augen zusammen.

Ein gleißend helles Licht strahlte sie plötzlich an. Ein paar grinsende Typen stürzten sich auf sie.

»Paß auf, Phil!« rief Max und schnappte sich das Luftgewehr.

Irgendwie bekam er es nicht richtig zu fassen. Es kippte zur Seite. Es gelang ihm gerade noch, den Lauf am oberen Ende zu fassen. Er hob die Waffe hoch, hatte aber keine Zeit, sie richtig in Anschlag zu bringen. Vor sich konnte er nur dieses grell strahlende Licht erkennen. Er holte aus, um mit dem Kolben in die Richtung der Angreifer zu schlagen, aber er traf die Lichtquelle nicht, sondern etwas Weicheres. Jemand schrie laut auf vor Schmerzen. Die Lichtquelle schwankte zur Seite.

Dann bemerkte er einen großen Schatten, der von rechts auf sie zukam. Max holte ein zweites Mal mit dem Gewehr aus, verfehlte aber den Angreifer und taumelte mit seinem eigenen Schwung gegen die Schließfächer.

In dem Moment, als er geblendet wurde, hatte Peter-und-Paul im Reflex den Gummiknüppel gezogen. In seiner Zeit als Wachmann hatte er ihn nie benutzt, aber jetzt, in diesem Moment, als er plötzlich richtig Angst kriegte, kam er prima mit dem Ding klar. Er registrierte, wie Max mit dem Gewehr auf die Lichtquelle losging, und bemerkte den zweiten Angreifer, der von rechts kam. Er wirbelte den Knüppel durch die Luft, sah, daß der Schatten auswich, und duckte sich. Der Angreifer trug Jeans und Cowboystiefel. Im Bruchteil einer Sekunde wurde Peter-und-Paul klar, was er zu tun hatte: Er holte mit dem Gummiknüppel aus und schlug genau da hin, wo er in den Jeans die Kniescheiben vermutete. Er hörte ein Jaulen und spürte dann die Last seines Angreifers, der über ihn fiel.

Max hatte dem Kerl mit der Lampe ein Bein gestellt, der Angreifer ging zu Boden. Die Lampe und das große schwarze Ding, auf das sie montiert war, knallte auf den Steinboden und ging aus. Der Mann stöhnte vor Schmerzen. Max trat nach ihm und traf eine empfindliche Stelle: Endlich hatte er Gelegenheit, sein Gewehr umzudrehen.

»Keine Bewegung! Liegenbleiben!« rief er und sah sich nach seinem Kumpel um.

Peter-und-Paul hatte den Gummiknüppel gegen den Hals des japsenden Jeansträgers gepreßt.

»Wir haben die Schweine!« rief Max und trat mit dem Fuß nach dem vor ihm liegenden jungen Mann.

»Ja«, sagte Peter-und-Paul. Sein Kopf war knallrot, aber er lachte laut.

Auch Max mußte lachen.

Plötzlich näherte sich von der Seite ein weiterer Mann. Er bückte sich blitzschnell und griff nach dem großen schwarzen Ding, das auf den Boden gefallen war. Dann hob er es über den Kopf, und es sah aus, als wollte er seine Gegner damit zerschmettern. Max hob das Gewehr und zielte.

Zwei Tage später durfte Peter-und-Paul am Abend mit in Max' Wohnung kommen.

»Wahnsinn«, sagte Max, lehnte sich zufrieden auf seinem abgesessenen Sperrmüllsofa zurück und griff nach der Fernbedienung.

Peter-und-Paul grinste vor sich hin.

»Wahnsinn«, wiederholte Max. »Hast du das gesehen, Alter?«

Peter-und-Paul nickte zufrieden.

Max griff nach der Whiskyflasche, die er zur Feier des Tages gekauft hatte. Peter-und-Paul knisterte mit der Erdnußflipstüte.

»Jerry und Phil hätten's nicht besser machen können.«

»Stimmt«, sagte Peter-und-Paul.

»Diese Schwachköpfe«, sagte Max. »Haben doch tatsächlich gedacht, sie könnten uns reinlegen.«

»Ha!« sagte Peter-und-Paul.

»Da haben sie sich aber ganz schön geschnitten.«
Peter-und-Paul schob sich eine Handvoll Erdnußflips in den Mund. »Genau.«

»Totale Blamage.«

»Total.«

Max kicherte. Peter-und-Pauls Zähne zermahlten die Ernußflips.

Max beugte sich nach unten und klaubte die *Morgenpost* vom Boden auf. »Wir haben sie fertiggemacht«, sagte er. »Sie haben's gleich auf der ersten Seite gebracht.«

Er las vor: »Peinlich! – Versteckte Kamera blamiert«.

»Super«, sagte Peter-und-Paul.

»Die haben uns wohl für völlig bescheuert gehalten. Dabei waren sie selbst bescheuert.«

»Selbst bescheuert«, wiederholte Peter-und-Paul genüßlich.

»Haben gedacht, sie könnten uns ins Bockshorn jagen«, sagte Max.

»Da haben sie sich aber geschnitten.«

»Echt. Hast du gesehen, wie der Typ geglotzt hat, als ich ihm die Knarre unter die Nase gehalten habe.«

»Den andern hab' ich mit meinem Knüppel umgenietet«, sagte Peter-und-Paul.

»Und dann hast du den beiden Armleuchtern blitzschnell die Handschellen angelegt. Hätte ich dir echt nicht zugetraut.«

»Blitzschnell«, sagte Peter-und-Paul.

»Die waren total von den Socken. Und der dritte hat's alles gefilmt.«

Peter-und-Paul kicherte und knisterte wieder mit seiner Flipstüte.

»Peinlich! – Versteckte Kamera blamiert«, las Max die Schlagzeile zum hundertsten Mal an diesem Abend vor.

»Lies noch mal, was da steht«, sagte Peter-und-Paul.

»Zum ersten Mal wurde das Team der ›Versteckten Kamera‹ selbst zum Opfer. Zwei Arbeitslose, denen es den ganzen Tag gefolgt war, drehten den Spieß um. Sie verhafteten das Drehteam am Hauptbahnhof vor den Augen zahlloser Passanten. Blitzschnell legten sie dem Kameramann und dem Moderator Handschellen an. Eine zweite Kamera filmte mit. ›Wir sind überlistet worden, als fairer Sportsmann muß ich das zugeben‹ erklärte der Regisseur.«

»Diese Schwachköpfe waren den ganzen Tag hinter uns her. Sogar Olga haben sie gefilmt. Sah ganz schön schräg aus, die Alte, im Fernsehen.«

»Eso-Ede«, gab Peter-und-Paul das Stichwort.

»Der hat's doch gewußt, oder? Meinst du nicht, daß er es gewußt hat?«

»Weiß nicht.«

»Sonst hätte er doch nie so eine Show abgezogen. Der wußte, daß Kameras da waren. Der hat das irgendwie geahnt, oder so.«

»Kann sein.«

»Eigentlich hätten sie doch was schnallen müssen, als wir wieder aus dem Haus gekommen sind, mit den Handschellen und dem Knüppel. Und das Gewehr hat man später auch deutlich sehen können. In der U-Bahn. Weißt du noch, wie die alle geglotzt haben? Da hätten diese Typen doch kapieren müssen, daß wir echt hart drauf sind.«

»Hätten sie eigentlich.«

»Haben sie aber nicht. Obwohl sie alles gefilmt haben.«

»Tja.«

»Hätt ich nicht gedacht, daß die Typen vom Fernsehen so dämlich sind.«

»Da haben wir aber mehr auf dem Kasten.«

»Klar.«

»Wir haben diese Deppen einfach verhaftet. Wie Jerry und Phil.«

»Genau.«

»Wir waren Cops.«

Max nahm einen Schluck aus einer Whiskypulle. Peter-und-Paul riß eine neue Packung Ernußflips auf.

Amanda Cross *Der Steinbock im Garten*

Als ich die Ziege auf dem Rasen hinter dem Haus entdeckte, wurde mir sofort klar, daß aus einem freundlichen Schlagabtausch etwas Ernsteres geworden war. Ich trank gerade meinen Frühstückskaffee und las die Zeitung (eine der Hauptfreuden meines abgeschiedenen Daseins), als ich beim Umblättern der Seite aufschaute und mein Blick langsam und ungläubig auf die Ziege fiel. Sie (beim Geschlecht einer Ziege kann man sich nicht täuschen) knabberte gutgelaunt an einem Rosenstrauch. Fluchend griff ich nach dem Telefonhörer. »Parthe«, sagte ich, nachdem sie abgenommen hatte, »jetzt ist aber genug. Komm und hol die verdammte Ziege ab. Sie frißt meine Rosensträucher.«

»Du hast dich verwählt, mein Lieber«, erwiderte sie und hatte auch noch die Dreistigkeit zu sagen, »ich weiß nichts von einer Ziege.« Ich knallte den Hörer auf die Gabel und wählte, erboster als zuvor, dieselbe Nummer gleich noch einmal.

»Das mit der Ziege finde ich nicht lustig«, sagte ich, als sie wieder ans Telefon ging. »Und außerdem ist es nicht die Art von Scherz, die ich von dir erwartet hätte.«

»Wie recht du hast«, wies sie mich zurecht, »zumal ich nichts damit zu schaffen habe. Ich hingegen hätte nie erwartet, daß du mittlerweile schon morgens trinkst. Paß auf dich auf, mein Lieber.« Und damit legte sie abrupt auf.

Seit vielen Jahren heben Parthe und ich das eine oder

93

andere Gläschen, immer um die gleiche Uhrzeit, so gegen fünf, aber wir sind gewiß nicht über die Maßen dem Alkohol zugeneigt. Einer der Dorfbewohner hatte uns zugetragen, daß die anderen hinter unserem Rücken tratschten und uns zu Säufern abgestempelt hatten. Dennoch war keiner unserer Mitmenschen so weit gegangen und hatte uns unterstellt, wir würden schon am frühen Morgen trinken. Wir waren sorgsam darauf bedacht, unseren Alkoholkonsum auf zwei Stunden pro Tag zu beschränken. Ich zerbrach mir den Kopf, machte mir so meine Gedanken, als hätte ich guten Grund, in die Defensive zu gehen, und all das nur wegen dieser verdammten Ziege. Vielleicht war Parthe diejenige, die inzwischen schon morgens dem Alkohol zusprach.

Parthe und ich sind Freunde und Nachbarn. Obwohl uns in Wirklichkeit mindestens fünf Hektar Felder und Wiesen trennen, ist sie meine nächste Nachbarin und ein Mensch, dessen Gesellschaft (wir sehen einander beinahe täglich) mir große Freude bereitet. Da an den Wochenenden meine Freunde aus der Stadt und Parthes Stiefkinder zu Besuch kommen, sehen wir uns zwei, drei Tage nicht, je nachdem, wie lange unsere jeweiligen Verwandten und Freunde bleiben. Von Montag bis Donnerstag und auch an Sonntagen, sofern unsere Gäste schon abgereist sind, spaziere ich von meinem Haus quer durch die Felder zu ihrem hinüber und werde mit großem Enthusiasmus und dem obligatorischen Drink empfangen. Mit vollen Gläsern machen wir es uns bequem, unterhalten uns und schenken irgendwann auch nach.

Es gab nie irgendwelche Zweifel, daß Parthe sich freute, mich zu sehen. Inzwischen ist sie über Achtzig und bleibt lieber zu Hause; sie ist (wie sie es ausdrückt) zu alt, um herumzustreunen. Und außerdem ist sie auch nicht mehr so gut zu Fuß wie früher. Für mich war es ein Beweis echter Zuneigung, als sie den Mann, der ihr den Rasen mäht, bat, eine schmale Schneise durch die Felder zu schlagen, die unsere Häuser voneinander trennen. Jetzt kann ich einfach diesen schönen, rustikalen Privatweg nehmen und erfreulicherweise die Straße und den Verkehr meiden, wenn ich mich auf den Weg zu ihr mache. (Nach meiner Definition von rustikal steht die Natur nicht im Widerspruch zu den Vorzügen moderner Zivilisation: Feldwege und moderne Wasserleitungen.) Parthe stimmte mit mir in diesem Punkt überein. Eigentlich sind wir meistens einer Meinung, und der Umstand, daß ich Ende Fünfzig bin und sie Anfang Achtzig ist, hat uns schon viel Freude bereitet und folgendes Privileg beschert: Wir sind übereingekommen, daß wir ohne Animositäten verschiedene Standpunkte vertreten können.

Nun hatte es allerdings den Anschein, daß wir in Zukunft gerade auf dieses Privileg verzichten müßten – und das alles nur wegen der Astrologie. Wie ich von Parthe erfahren hatte (und nachdem ich mich auch anderen Ortes umgehört hatte), ist Astrologie für die meisten Menschen entweder ein Thema, über das sie sich noch nie Gedanken gemacht haben, oder eins, das man dem Aberglauben zurechnet; wenn man es nicht ohnehin von vornherein als unsinnig abtut. Setzt man die Anzahl der

Menschen, die derzeit diesen Planeten bevölkern, mit der Anzahl der Tage eines Jahres oder den Stunden und Minuten eines Tages in Beziehung, kommt man schließlich nicht notwendigerweise zu der Schlußfolgerung, daß die Sterne oder Planeten oder was auch immer jedes einzelne Individuum unterschiedlich beeinflussen. Das Bedürfnis der Menschen, sich als Spielball größerer Bewegungen im Universum zu sehen, ist nach meinem Dafürhalten extrem einfältig, obgleich es vermutlich diesem Bedürfnis zuzuschreiben ist, daß so viele Menschen an Gott glauben. Wenn man – wie ich – zweieiige Zwillinge kennt, die nur ein paar Minuten nacheinander das Licht der Welt erblickt haben und vollkommen verschieden sind, kann man doch nicht allen Ernstes annehmen, daß dieser minimale Zeitunterschied der Auslöser solch gravierender Unterschiede in der Persönlichkeit, im Charakter, in Geschmacksfragen und in der Lebenseinstellung sein soll.

Besonders ärgerlich an der Astrologie ist natürlich die Inbrunst, mit der Starrköpfe wie ich dagegen aufbegehren, und die unerträgliche Gelassenheit, mit der Parthe und ihresgleichen ihre Ansichten darlegen. Astrologie entstammt, wie ich Parthe gegenüber gern geltend mache, einer Zeit, als die Wissenschaften in den Kinderschuhen steckten und der Aberglaube, mit dem Ungerechtigkeit, Naturkatastrophen und andere unbegreifliche Dinge erklärt wurden, weit verbreitet war. Um Himmels willen, sagte ich zu Parthe, in der Astrologie galt die Erde als Mittelpunkt des Universums; das alles war vor Kopernikus und ist heute, wo wir genau wissen, wie das Sonnensystem funktioniert, unhaltbar.

Als Parthe und ich anfingen, uns regelmäßig miteinander zu unterhalten, wußte ich nicht einmal, welches Sternzeichen ich war. Sie erkundigte sich nach meinem Geburtstag und verkündete, daß ich ein Steinbock sei. »Nicht, daß ich das nicht erraten hätte«, sagte sie. »Dieses Zeichen wird von Saturn regiert und steht deshalb mit dem Alter in Beziehung. Steinböcken wird nachgesagt, daß sie in jungen Jahren alt sind und in späten Jahren jung.« Ich mußte zugeben, daß diese Aussage auf mich zutraf. »Die wichtigen Aufgaben in deinem Leben liegen noch vor dir«, sagte sie mit dieser Aura der Allwissenden, die mich wirklich auf die Palme bringt. Was nichts daran änderte, daß ich mich speziell über diese Aussage freute. Genau das ist es, was die Faszination von Astrologie ausmacht, müssen Sie wissen. Wir akzeptieren, was wir für hilfreich oder vielversprechend halten, und ignorieren alles andere.

Ich muß allerdings einräumen, daß mir das, was sie mir über den Steinbock erzählte, sehr schmeichelte. Er ist ein Kardinalzeichen, im Gegensatz zu einem beweglichen oder festen Zeichen. Dürfte ich wählen, würde ich mich immer für das Kardinalzeichen entscheiden. Wenn ich unbedingt einem Platz im Tierkreis einnehmen muß, dann bin ich lieber gleich der Anführer. Der Steinbock ist auch ein Erdzeichen. Zwar gehörten die Lehre von den Elementen – Feuer, Luft, Wasser und Erde – ebenso wie die Lehre von den vier Körpersäften zu den überkommenen Philosophien, doch irdisch zu sein ist immer noch ein deutliches

Charakteristikum: Für mich heißt es, daß man mit beiden Beinen fest auf der Erde steht. Auf der anderen Seite möchte man auch nicht zu erdverbunden und infolgedessen unfähig sein, nach etwas Höherem zu streben. Daher gibt es auch den Steinbock, der die Gipfel erklimmt, die kein anderer erreichen kann. Und dann ist da noch diese Geschichte von dem Steinbock mit der Schwanzflosse, doch an dieser Stelle läßt mein Interesse bereits beträchtlich nach. Mich begeistert nur der Teil, durch den ich mich bestätigt sehe. In diesem Punkt ähnele ich wahrscheinlich einem Großteil meiner Mitmenschen. Laß uns über ein anderes Thema reden, drängte ich Parthe. Woraufhin sie nur wissend kicherte, was ich ihrem Alter zuschreibe, und ihrem Ruf, weise zu sein. Diesen Ruf hat sie sich allemal verdient, wie ich, ehe die Astrologie unsere Gespräche beherrschte, als erster zugegeben hätte.

Parthes voller Name lautet Parthenope. Ihr Vater war offenbar ein Spaßvogel, einer von jenen Männern, die über alles ein bißchen Bescheid wissen und die Gabe haben, andere davon zu überzeugen, daß sie sehr belesen sind, und die sich, obgleich Autodidakten, mit großer Expertise zu jedem Thema äußern können, das man zufällig anschneidet. Anscheinend hat er unermüdlich absonderliche und völlig unzusammenhängende Fakten gesammelt, was auch Parthes Name erklärt. Irgendwo hatte er gelesen, daß Florence Nightingale auf den Namen der italienischen Stadt, in der sie geboren wurde, getauft worden war (bis dahin war Florence in England als Frauenname unbekannt gewesen). Auch ihre Schwester Parthenope Nightingale trug den Namen ihres Geburtsortes. Wie viele Engländer im 19. Jahrhundert schwärmten die Eltern für Italien und die Antike. Stell dir vor, hatte Parthes Vater gern zu bedenken gegeben, die moderne Krankenpflege wäre von jemandem mit dem Namen Parthenope Nightingale erfunden worden. Und so kam es, daß er seiner Tochter den Namen Parthenope gab, weil er den Beweis erbringen wollte, daß jemand mit diesem Namen (der sich im Gegensatz zu Florence nie richtig durchgesetzt hatte) der Welt dennoch seinen Stempel aufdrücken konnte. Jetzt, wo ich darüber nachdenke, vermute ich, daß vielleicht allein der Name schon genügte, damit seine Trägerin Astrologin wurde.

Daß ihr Vater in solchen Bahnen dachte, sagt vermutlich viel über Parthe aus, und es erklärt wahrscheinlich auch, wieso sie genau die Richtige ist (oder war), um sich mit ihr tagtäglich auf einen Drink und ein Gespräch zu treffen. Merkwürdigerweise scheint dieser Name ihr einen Freibrief für ihre unkonventionelle Art ausgestellt zu haben, was wiederum zu einem Verhalten führte, das die meisten Menschen als exzentrisch bezeichnen würden. Im Flüsterton stellten die Dorfbewohner Spekulationen über sie an, gerade so, als wäre unser Dorf eine dieser englischen Ortschaften aus Agatha Christies Lebzeiten. Doch wann immer sie ihr persönlich begegneten, waren sie extrem liebenswürdig. In unserem Städtchen regiert das Geld, was, wie ich vermute, in englischen Dörfern kaum anders ist, und Parthe ist sehr gut betucht. Das Vermögen stammt nicht von ihrem Taugenichts von Vater (er hat ihr offenbar nur einen eigenwilligen Namen und seltsame Ideen hinterlassen), sondern von ihrem längst verstorbenen Gatten, der tatsächlich unerhört reich gewesen war. Er heiratete Parthe nach dem Tod seiner ersten Frau, betete sie an und – was noch wichtiger war – bewunderte sie so sehr, daß er ihr sein gesamtes Vermögen und alle weltlichen Güter hinterließ. Gemein, wie ich manchmal bin, hege ich den Verdacht, daß die Wochenendbesuche, mit der ihre Stiefkinder sie beglücken, nicht ausschließlich (wie sie behaupten) Ausdruck ihrer Zuneigung für Parthe, sondern auch für Papas Geld sind. Tatsache ist, daß Parthe sie gern kommen und gehen sieht (eher gehen als kommen) und beschlossen hat, ihnen, gerecht wie sie ist, den größten Teil des Geldes ihres Vaters zu hinterlassen, auf das sie ihrer Meinung nach Anspruch haben.

Ich kann gar nicht sagen, wie leid es mir tut, daß von den vielen lächerlichen Themen es gerade die Astrologie ist, die Parthe und mich entzweit. Aber mir eine Ziege zu schicken, ist mehr als nur eine exzentrische, nachbarschaftliche Geste. Das riecht nach Anmaßung und einem Übermaß an Exzentrik, auch wenn ich das nicht gerne sage. Einerseits gibt es Exzentrik und dann, auf der anderen Seite, das Überschreiten gewisser Grenzen. Wieder schaute ich zu der Ziege hinüber, die sich jetzt an einem Baum zu schaffen machte, den ich von einem Ableger gezogen und eingepflanzt hatte. Ich entschied, mit Parthe von Angesicht zu Angesicht zu sprechen. Auf diese Weise konnte ich sichergehen, daß sie nicht einfach auflegte.

Ich ging nach draußen und näherte mich vorsichtig der

Ziege, die anscheinend ein freundliches Wesen hatte und
erwartungsvoll zu mir hochsah. Ich hatte ein Strickhalfter
und eine Leine mitgebracht, und sie ließ sich beides mit –
wie mir schien – philosophischer Gelassenheit anlegen.
»Ich werde nicht lange wegbleiben«, sagte ich und tät-
schelte ihren knochigen Schädel. Ich ging zurück und holte eine Schüssel Wasser, die ich in ihre Reichweite stellte.
Sie schien sich über das Wasser zu freuen, verschüttete
aber gleich das meiste. Auf dem Weg zum Haus hörte ich
ein Knirschen. Und als ich den Kopf drehte, sah ich, daß
sie die Schüssel anknabberte. Ziegen sind gewiß außerge-
wöhnliche Kreaturen und, Astrologie hin oder her, kaum
die Tiergattung, mit der ich unbedingt in Verbindung gebracht werden möchte. Doch sie war, wie ich zugeben
mußte, eine angenehme Ziege.

Während ich mich um die Ziege kümmerte, überlegte
ich, was ich Parthe sagen und wie ich es anstellen sollte,
daß ich erzürnt und gleichzeitig beherrscht, vernünftig,
aber aufgebracht klang, was ja durchaus berechtigt war.

Ich räumte die Küche auf, stieg nach oben, machte mein
Bett und zog mich an. Währenddessen ging ich im Geist all
die vernünftigen, stichhaltigen Argumente durch, mit denen ich Parthe konfrontieren wollte.

Wenn man es genau nimmt, hatten wir uns nicht wegen
der Astrologie gestritten, sondern darüber gesprochen,
was ich mit meinem Leben anfangen, wie der nächste
Schritt aussehen sollte. Ich redete gern mit Parthe über dieses Thema. Sie war wirklich weise, wie alte Menschen das
nur selten sind: Sie hörte zu und setzte mir nicht irgend-

welche antiquierten, nutzlosen, völlig aus der Luft gegriffenen Kommentare vor. Ich hatte einen Onkel, den ich früher öfters besuchte, doch als er die Achtzig erreichte, hörte er mir nicht mehr zu, bellte nur seine verletzende, unbrauchbare Kritik heraus und verleidete mir (was am schlimmsten war) die Freude an den Gesprächen mit ihm, obwohl wir uns früher häufig und gern unterhalten hatten. Was alte Menschen betrifft, war Parthe ein Sonderfall, was wiederum dazu führte, daß ich enttäuscht reagierte, als sie für meine Zukunft die Astrologie befragte. Ich wollte Parthe vorschlagen, daß wir eine Übereinkunft dahingehend trafen, in Zukunft die Planeten, die Sterne, alles Metaphysische und Unwissenschaftliche außen vor zu lassen. Ich hielt Parthe zugute, daß sie keine Seancen besuchte und weder auf Telepathie noch auf außersinnliche Wahrnehmung zurückgriff. Nur auf Sonnenzeichen, aufsteigende Zeichen, Mondzeichen und Progressionen.

Schon seit einiger Zeit sprach ich mit Parthe über die wichtige Entscheidung, die ich zu treffen hatte. Während ich mich jetzt auf den Weg zu ihr machte, rief ich mir ins Gedächtnis, wie dankbar ich Parthe dafür war, daß sie mir eine Freundin, eine Vertraute am Ende des Tages war, daß ich mit jemandem befreundet war, die genauso wenig wie ich geschaffen schien für das gesellschaftliche Leben, das in Dörfern gepflegt wird, und der der damit einhergehende kleinliche Charakter ebenfalls fehlte. Wir beide freuten uns über die Möglichkeit, mit jemandem, der das besondere Geschenk einer echten Unterhaltung schätzte und genoß, Gedanken und Ereignisse des Tages auszutauschen. Als ich ihr Haus erreichte, war ich Parthe gegenüber schon milder und versöhnlicher gestimmt.

Sie hingegen empfing mich mit besorgter Miene an der Tür. »Schlägst dich ganz tapfer, nicht wahr?« sagte sie.

»Ich habe die Ziege festgebunden und ihr Wasser gegeben, was fürs erste reichen sollte. Woher kommt sie eigentlich?«

»Vergiß die verdammte Ziege«, erwiderte Parthe schärfer als gewöhnlich. »Ich habe ein Problem, das – falls du die Geduld aufbringst und mich ausreden läßt – wesentlich mehr Verwirrung stiftet als eine ganze Ziegenherde.«

»Ein Problem?« fragte ich ziemlich beklommen nach. Einmal abgesehen von den Unzulänglichkeiten der hiesigen Handwerker gestand Parthe nur selten Probleme ein.

»Ja«, sagte sie. »Ein verdammt nervenaufreibendes Dilemma.«

»Nun, was raten dir deine verschiedenen Zeichen? Sind sie nicht dazu da, daß man sie um Rat fragt, wenn man in der Zwickmühle steckt?«

»Nein«, sagte Parthe. »Dazu sind Freunde da.«

Ich schämte mich. »Entschuldige, Parthe, es tut mir leid. Es ist nur so, daß mich die Ziege zickig werden läßt. Können wir noch mal von vorn anfangen?«

Wie üblich hatte Parthe auf der verglasten Veranda die Gläser, die Flaschen, Eis und eine Schale mit Pistazien angerichtet. Die Veranda ging auf den Garten hinaus. Früher hatte sie sich selbst um den Garten gekümmert, die Pflege inzwischen aber größtenteils und ganz und gar widerwillig einem Gärtner überlassen.

Sie seufzte, als wir uns setzten, und wartete, bis wir es uns in unseren jeweiligen Sesseln mit unseren jeweiligen Drinks bequem gemacht hatten, ehe sie mir das Problem schilderte. Es hatte den Anschein, als falle es ihr schwer, das Thema anzugehen, was ihr überhaupt nicht ähnlich sah. Vor lauter Besorgnis hatte ich die Ziege glatt vergessen.

»Es geht um Harold und Sylvia«, rückte sie endlich mit der Sprache heraus. Harold war ihr Stiefsohn, Sylvia seine Frau. Beide waren weder besonders gutaussehende noch besonders interessante Menschen, hatten aber einen ganz angenehmen Eindruck auf mich gemacht. Parthe hatte sich daran gewöhnt, daß sie jedes zweite Wochenende zu Besuch kamen. An den anderen Wochenenden kam Parthes Stieftochter Marie, die nicht verheiratet war und hin und wieder mit einer Frau auftauchte. Sowohl Parthe als auch ich mochten sie und ihre Freundin, die – wie Parthe sich ausdrückte – »unsere Sprache sprach« und außerdem noch im Haus Hand anlegte, wenn sie und Marie da waren. Sie fand immer irgend etwas, das in Ordnung gebracht werden mußte, Dinge, die noch nicht tatsächlich auseinanderfielen, um die man sich aber allmählich kümmern sollte.

Harold und Sylvia brachten, wenn sie auf Besuch kamen, für gewöhnlich Kuchen, Süßigkeiten oder Wein mit, hatten aber die Angewohnheit, Ausflüge zu machen und in den hiesigen Restaurants zu Abend zu essen, ohne Parthe. Sie boten ihr immer an mitzukommen, und sie schlug die Einladungen grundsätzlich aus. Schon seit langem mut-

maßte ich, daß sie unter anderem auch deshalb nichts gegen ihre Besuche einzuwenden hatte, weil sie die beiden
nur selten zu Gesicht bekam. Es versteht sich von selbst,
daß Harold und Sylvia wenig für Marie übrig hatten. Allem Anschein nach waren Harold und Marie schon als
Kinder nicht gut miteinander ausgekommen und später
erst recht nicht. »Er hat einen Blick in meine Wiege geworfen«, pflegte Marie zu sagen, »und bekam auf der Stelle
Angst, daß ich Schande über ihn bringen werde, wenn ich
groß bin. Na, da hat er ja richtig gelegen.« Und dann kicherte sie fröhlich. Ich freute mich jedesmal, wenn ich Marie und ihre Freundin hin und wieder am Wochenende zu
Gesicht kriegte, und mochte sie eigentlich richtig gut leiden.

»Was haben Harold und Sylvia denn nun angestellt?«
fragte ich. Ich machte mir wirklich Sorgen, auch wenn es
nicht so war, daß sie Parthe wirklich zusetzen konnten. Sie
hatte die Kontrolle über das Geld und konnte sie wegschik-
ken, wann immer es ihr beliebte, oder etwa nicht?

»Letztes Wochenende haben sie keinen Ausflug gemacht und sich statt dessen mit mir unterhalten. Über Po-
litik und die Kirche, Kirche mit großem K. Wie sich herausstellte, stehen sie hinter all den Dingen, die ich ablehne,
und lehnen alles ab, was ich befürworte. Mag sein, daß das
schon immer so gewesen ist, aber eine Sache bereitet mir
wirklich Kopfzerbrechen: Warum haben sie sich urplötz-
lich dazu durchgerungen, mir ganz unverblümt ihre Meinung kundzutun? Ich hätte größere Gelassenheit an den
Tag legen sollen, doch die Wahrheit ist, daß sie auf einmal

wie Pat Buchanan geklungen haben, wenn er mal so richtig vom Leder zieht.«

Ich wußte nicht, was ich von all dem halten sollte. Andererseits war es zwischen uns ganz normal, offen zu sagen, was man dachte, auch auf die Gefahr hin, daß man sich später dafür entschuldigen oder das Gesagte teilweise revidieren mußte, damit der andere es leichter verdauen konnte. »Warum streichst du sie nicht einfach aus dem Testament?« schlug ich vor. »Laß Marie ihre Hälfte und stifte die andere Hälfte einer Sache, die es wert ist. Vielleicht irgendeiner liberalen Kirche, einer Institution, die wirklich christlich handelt, falls du verstehst, was ich meine. Den Quäkern oder den Presbyterianern, die sind nicht so sehr vom Aussterben bedroht. Oder vermach gleich alles Marie.«

Parthe wußte genau, wie ich das mit den Kirchen meinte. Im Dorf gab es eine Kirche, in die sie früher, als sie noch nicht so stark ans Haus gebunden war, öfters gegangen war. Der Pfarrer war ein Mann genau nach ihrem Geschmack, offen für die unterschiedlichsten Vorstellungen und Gesprächsthemen. Auch war er gegen jede Art der Diskriminierung und eher geneigt, über Jesus als über Paulus zu predigen, sowie über die gnostischen Evangelien und auch über die Apokryphen. Er hatte sogar einmal Offenheit gegenüber Homosexualität gepredigt und Bibelstellen zitiert, die seinen Standpunkt untermauerten. Harold und Sylvia haßten diese Kirche und hatten alle Hebel in Bewegung gesetzt, damit der Pfarrer versetzt wurde. Da ihr Treiben nicht von Erfolg gekrönt gewesen war, hatten sie nie wieder einen Fuß in diese Kirche gesetzt.

»Das könnte ich tun«, sagte sie. »Aber das ist nur ein Teil des Problems und zwar der kleinere. Ich glaube, daß sie versuchen werden, mich in ein Heim zu stecken, unter dem Vorwand, daß ich nicht mehr für mich selbst sorgen kann und langsam senil werde.«

»Das ist doch lächerlich«, rief ich. »Das können sie nicht tun. Welchen Grund könnten sie haben?«

»Der Grund ist folgender«, sagte sie und lächelte über das Wortspiel, »der Grund und Boden und auch das Haus gehören in Wirklichkeit ihnen, und ich bin strenggenommen nur jemand, der vorübergehend darin wohnt. Dazu kommt, daß ich den Wert ihres Erbes schmälere.«

»Sie wollen wahrscheinlich alles an einen Bauunternehmer verscherbeln«, schimpfte ich.

»Das denke ich auch. Entsinnst du dich, daß Gertrude Stein ihre Bilder Alice Toklas auf Lebzeiten überlassen hat, doch die eigentlichen Erben haben sie ihr weggenommen unter dem Vorwand, daß sie an ihren Wänden nicht sicher wären?«

»Ja, daran erinnere ich mich. Aber diese Gemälde waren ein Vermögen wert. Dieses Anwesen, so schön es auch ist, ist doch längst nicht so viel wert, oder?«

»Das wird es aber bald sein. Es gibt konkrete Pläne, es einem Golfplatz, oder schlimmer noch, einem Neubaugebiet zuzuschlagen. Die Reichen hier in der Gegend – und das sind nicht wenige – sind sehr aktiv. Ich habe Harold und Sylvia gesagt, daß ich vorhabe, meinen Besitz dem Staat zu hinterlassen, als Park, damit die Leute aus der Gegend etwas davon haben. Ich weiß, die meisten wollen nur jagen, aber vielleicht wollen manche ja auch einen Ort, an dem sie spazierengehen können. Das alles habe ich selbstverständlich auch Marie gesagt, die keine Einwände hatte.« Parthe besitzt gut hundert Hektar, also eine beachtliche Fläche für einen Park.

Sie war sehr bekümmert. Sie schenkte sich nichts nach und forderte auch mich nicht auf, mir noch einen Drink zu nehmen.

»Parthe«, sagte ich und füllte unsere beiden Gläser auf (wir brauchten diese Stärkung), »Menschen können nicht so ohne weiteres ihre Angehörigen in ein Altersheim verfrachten. Ich weiß wohl, daß es immer Leute gibt, die aus den niedrigsten Beweggründen handeln, aber ich bin mir sicher, daß Harold und Sylvia keinen Erfolg haben werden. Wieso siehst du denn so schwarz?«

»An den vielen Wochenenden, die sie hier waren, haben sie Kontakt zu den hiesigen Rechten, den Fundamentalisten und den Abtreibungsgegnern geknüpft. Sie haben sich nicht nur die Gegend angesehen, sondern sie haben sich eine Klientel aufgebaut. Und hier im Umkreis gibt es bestimmt eine ganze Menge angesehener Bürger, die liebend gern bezeugen werden, daß ich verschroben und launisch bin, daß ich die Angewohnheit habe, unüberlegt Geld zu verschenken, um nur ein paar Belege für meine geistige Instabilität anzuführen. Und die hiesige Arbeiterklasse wird bezeugen, daß ich trinke, wie du sehr wohl weißt. Dazu kommt noch, daß ich mich nicht um mein Anwesen kümmere. Schließlich habe ich sogar einen Weg von meinem Haus zu deinem mähen lassen und damit die Felder geschädigt.«

»Wieso soll das die Felder kaputtmachen?« fragte ich. Nicht, daß dieser Punkt von Belang gewesen wäre, doch ich hatte Schwierigkeiten, zusammenhängend zu denken.

»Machen wir uns doch nichts vor«, fuhr Parthe fort, ohne auf meine Frage einzugehen, »sie werden es wieder versuchen, selbst wenn ihr hinterhältiger Plan nicht sofort aufgeht. Je gebrechlicher ich werde, desto größer die Chance, daß sie gewinnen.«

Ich betrachtete den schönen Garten mit den alten Bäumen und dachte darüber nach, wie sehr ich Harold, Sylvia und Menschen ihres Schlages haßte, Menschen, die nichts anderes im Sinn hatten, als sich in das Leben anderer einzumischen, und dabei immer darauf bedacht waren, daß ihr Tun ihnen selbst nicht im mindesten schadete. Homophobie und Schüsse auf Ärzte, die Abtreibungen vornahmen, waren für solches Pack ganz typisch. Nun, es kann sein, daß ich ihnen gegenüber unfair war. Mit Bestimmtheit wußte ich nur, daß sie selbstgerecht waren, für Geld alles taten und der Überzeugung anhingen, sie allein wüßten, was Moral sei. Ich zwang mich, meine abgeschweiften Gedanken auf Parthe zu konzentrieren und nicht mehr an Harold und Sylvia zu denken. Haß war meiner Meinung nach unproduktiv, während es durchaus produktiv war, über das nachzudenken, woran man glaubte. Und ich glaubte an Parthe.

»In England ist es besser«, sagte ich. »Oder wenigstens ist es früher besser gewesen. Wenn da jemand gestorben ist, kurz nachdem er sein Testament gemacht hatte, dann wurde das Erbe extrem hoch besteuert. Parthe, du glaubst doch wohl nicht ernsthaft, daß sie soweit gehen und dich aus dem Haus treiben und dir verbieten, mit deinem eigenen Geld zu machen, was du willst?«

»Ich wünschte, ich wäre anderer Ansicht«, erwiderte sie. »Wirklich. Nur, weil ich ganz allein bin, ist alles so schwierig.«

»Das sind doch nur Stiefkinder«, betonte ich. »Das müßte ihre Rechte in dieser Sache doch schmälern.«

»Nicht wenn das Anwesen ursprünglich ihrem Vater gehört hat, jedenfalls nicht unbedingt. Stiefmütter werden schnell in die Rolle der alten Hexe gedrängt, eine verrückte alte Frau, die an ihrem Besitz festhält und droht, ihn wegzugeben, weil sie zu alt und nicht mehr bei Verstand ist ... so in der Art.« Parthe war überhaupt nicht mehr wiederzuerkennen, so überwältigt war sie vom Kummer.

»Hier in der Gegend hat es eine Frau gegeben«, fuhr sie fort, »das liegt schon einige Zeit zurück. Ihre Kinder haben es geschafft, sie in ein Heim zu verfrachten. Es gab niemanden, der sich auf ihre Seite gestellt hat. Das Gericht bestellt keinen Pflichtverteidiger für alte Menschen, wie das bei Kindern üblich ist. Zumindest war es damals so.«

»Aber du kannst dir doch einen eigenen Anwalt nehmen; du kannst dir sogar einen guten leisten.«

»Nicht so gut wie der, den die beiden sich nehmen werden. Und der wird vermutlich auf Provision arbeiten. Um ehrlich zu sein, ich habe das Gefühl, ich bin leichte Beute.«

Eine Weile lang saßen wir stumm da. Parthe machte sich Sorgen, und ich sorgte mich ihretwegen. Dieser verdamm-

te Harold, diese verdammte Sylvia und dieses ganze verdammte Pack.

»Und wie weit bist du mit deiner Entscheidung?« erkundigte sich Parthe. »Ich habe heute nachmittag das Ge-
sprächsthema lange genug bestimmt. Hast du dich entschieden?«

»Noch nicht«, sagte ich. Mein Problem drehte sich um
die Frage, ob ich mein Leben verändern sollte oder nicht,
ob ich nach New York gehen und mit Freunden ein neues
Projekt machen sollte, das sie auf die Beine gestellt hatten,
oder ob ich auch in Zukunft mein Leben auf dem Lande genießen sollte: Jeden Tag ein wenig schreiben, ein bißchen
Gartenarbeit, ein bißchen Holzarbeiten, am Wochenende
Unmengen von Essen kochen und die Theaterproduktio-
nen am nahegelegenen College leiten. Bei dem anvisierten
Projekt handelte es sich um eine Fernsehserie. Der Pilot-
film war gut angekommen, und es war vorgesehen, daß ich
mindestens bei der Hälfte der Episoden die Regie über-
nahm. Mir böte sich die Chance, an einem aufregenden
Unterfangen mitzuarbeiten, das überall und nirgendwo
hinführen konnte, aber es würde auch bedeuten, daß ich
nach New York ziehen und mein Landleben gänzlich aufgeben müßte. Parthe war natürlich hin und her gerissen.
Auf der einen Seite wünschte sie, daß ich blieb, wies aber
auch darauf hin, daß ich Steinbock war und deshalb langsam das Alter erreichte, wo Steinböcke sich selbst finden.
Das Leben zu verändern, den nächsten Schritt zu akzeptieren, hatte sie mir – wenn auch widerstrebend – geraten, ist
für gewöhnlich das Klügste, was ein Steinbock tun kann.

Ich wußte, sie würde mich vermissen, und war ihr für ihre Objektivität dankbar – auch wenn sie astrologisch begründet war.

»Der Steinbock ist ein besonders kraftvolles Tierkreiszeichen«, hatte Parthe zu mir gesagt. »Er ist eine treibende Kraft und verleiht denjenigen, die unter diesem Sternzeichen geboren sind, die Ausdauer, in einem späteren Lebensabschnitt noch zu wachsen. All das scheint darauf hinzudeuten, daß du dein Leben verändern und dich neuen Herausforderungen stellen mußt.«

Ich hatte in diesem Moment keine Lust, darüber zu diskutieren, wie wichtig es für mich war, eine Entscheidung zu fällen, und Parthe war offenbar nicht gewillt, an diesem Tag noch länger über ihre Kümmernisse zu sprechen. So machte ich mich ein paar Minuten später auf den Heimweg, nahm den Pfad, den sie meinetwegen hatte schlagen lassen, betrachtete die Felder und Wälder in der Ferne und merkte, daß mir der Gedanke, daß all diese Pracht Harold und Sylvia und Bauunternehmern und Golfern in die Hände fallen sollte, unerträglich war. Ich munterte mich mit einer netten Geschichte auf, die ich über den Schriftsteller Henry James gelesen hatte: Irgendein Langweiler belagerte James mit der Schilderung jedes Golfballs, den er an diesem Tag geschlagen hatte. James packte den Mann beim Revers und sagte: »Mein lieber Kamerad, was für eine grandiose Zeitverschwendung.« Ganz meine Meinung. Erst kürzlich hatte ich der Beerdigung des Vaters eines Freundes beigewohnt, der ein leidenschaftlicher Golfer gewesen war. Jeder Redner hatte eine Golf-Metapher verwendet, um den Verblichenen zu beschreiben. In meinen Augen war das öde und unaussprechlich traurig.

Die langweiligen Aspekte des Golfsports waren allerdings kaum ausschlaggebend für Parthes Problem. Ich spazierte den Pfad hinunter, fühlte mich zusehends schlechter, und als ich endlich daheim ankam und durch die Hintertür trat, hatte ich die Ziege kaum eines Blickes gewürdigt. Ihre Trinkschale hatte sie mehr oder minder vernichtet, und nun lag sie tatsächlich am Boden. Ich entschied, sie fürs erste zu ignorieren, und ging nach drinnen, um nachzudenken.

Ich legte Elgars Cellokonzert in den CD-Player und lief unglücklich und mit diesem scheußlichen Gefühl, nutzlos und hilflos zu sein, im Wohnzimmer auf und ab. Parthe war so gut zu mir gewesen. Der Pfad war nur der augenfälligste Beweis dafür. Sie hatte mir in einer Notlage Geld geliehen, für mich Leute aufgetrieben, die mir bei den nötigen Hausreparaturen und im Garten zur Hand gegangen waren, mich Tag um Tag bei sich willkommen geheißen. Ich wußte wohl, daß ich in ihrem Leben den Platz eines langersehnten Freundes ausfüllte. Im Gegenzug hatte sie ein gewisses Maß an Ordnung und Regelmäßigkeit in mein Leben gebracht, wie das der Fall ist, wenn man einen ruhigen, einfühlsamen und interessierten Menschen kennt, der sich anhört, was man zu sagen hat und welcher Art die eigenen Schwierigkeiten sind. Doch mehr als alles andere war sie mir eine Freundin gewesen, die erste wahre Freundin, der ich mir sicher sein konnte. Es hatte Gefährten gegeben, ja, und die eine oder andere Liebe, aber nie eine

113

Freundschaft wie diese. Selbstverständlich war ich bereit, vor Gericht zu treten und für sie zu kämpfen, doch aus der Erfahrung mit Krankenhauspatienten wußte ich, daß ausschließlich die Angehörigen Entscheidungen fällen durften und daß nur die Verwandten in wichtigen Fragen hinzugezogen oder angehört wurden.

Es gibt da eine Melodie in dem Elgar-Konzert, die auftaucht, verschwindet und dann wieder auftaucht. So scheint es zumindest. Ich merkte, daß ich genau auf diese Stelle wartete. Ich setzte mich auf meinen Lieblingsstuhl, streckte die Beine aus, lehnte den Kopf zurück und lauschte gespannt. Und auf einmal fiel mir die Lösung zu Parthes Problem ein.

Ich sprang nicht auf. Ich hörte das Konzert bis zum Ende und machte mir dann etwas zum Abendessen. Später fiel mir ein, daß ich die Ziege vergessen hatte. Ich beschloß, noch vierundzwanzig Stunden abzuwarten, meinen Entschluß auf mich wirken zu lassen, meine wahren Gefühle zu erforschen, meine Ängste, falls ich welche spürte, und ob es etwas zu bereuen gab, falls ich bei meinem Entschluß blieb. Ich aß, ich sah fern, ich duschte und sehnte mich im Bett nach Schlaf, lag einfach nur da und wartete darauf, daß mir Gegenargumente einfielen. Das mag eigenartig erscheinen oder verrückt, aber für diejenigen, die Entscheidungen schon einmal auf diese Weise überprüft haben, wird meine Vorgehensweise vertraut klingen.

Am darauffolgenden Nachmittag schritt ich wieder den Pfad entlang. Ich hatte der Ziege frisches Wasser, ein bißchen von meinem Essen und etwas Katzenfutter gegeben – ich habe keine Ahnung, was Ziegen fressen, einmal abgesehen von allem, was sie zwischen die Zähne kriegen. Ich lachte in mich hinein und malte mir aus, wie ich Parthe, nachdem ich von meinen Zaubertricks erzählt hatte, raten würde, daß sie endlich etwas gegen die verdammte Ziege unternehmen müßte.

Parthe gab sich Mühe, bei meinem Eintreffen ein wenig fröhlicher zu wirken, doch sie schien immer noch ziemlich bekümmert.

»Ich habe die Lösung für dein Problem gefunden«, verkündete ich, nachdem wir uns auf die Veranda gesetzt hatten. »Und wie der Zufall es so will, habe ich auch gleich mein eigenes gelöst.«

»Ja?« sagte sie und blickte skeptisch drein.

»Im Grunde genommen ist es ganz einfach«, meinte ich. »Wir werden heiraten. Für den Fall, daß deine Entscheidungen angezweifelt werden, habe ich als dein Gatte das letzte Wort. Ich kann entscheiden, was mit dir geschehen soll. Ich hoffe, du stimmst dem Plan zu, ich halte ihn nämlich für eine hervorragende Idee.«

Parthe musterte mich, als hätte ich den Entschluß gefaßt, zum Mond zu fliegen.

»Denk darüber nach«, schlug ich vor. »Denk einmal ernsthaft darüber nach. Es bestünde kein Grund, unser Leben zu ändern. Wir würden uns immer noch wochentags treffen, die gleichen Drinks zu uns nehmen, die gleichen wunderbaren Gespräche führen. Aber ich wäre dein dir rechtmäßig angetrauter Gatte, was all den ruchlosen Plänen, die dein Stiefsohn und seine gräßliche Frau schmieden, einen Riegel vorschieben würde.«

Parthe starrte mich immer noch an, ohne ihren Drink anzurühren. Sie streckte die Hand aus und legte sie auf meine. »Archie«, sagte sie, »das ist das Netteste, das jemals ein Mensch zu mir gesagt hat, und ich werde, solange ich lebe, mit Freuden daran zurückdenken.«

»Gut«, sagte ich. »Dann sind wir uns ja einig.«

»Sei kein Dummkopf, Archie. Ich bin mindestens fünfundzwanzig Jahre älter als du. So eine Verbindung würde mit Sicherheit ein noch düstereres Licht auf meinen Geisteszustand werfen.«

»Das mag ja durchaus sein, aber eine Ehe ist eine Ehe. In diesem Fall sind die Gerichte ganz eindeutig. Und wir werden sowieso einen Ehevertrag schließen. Solltest du vor mir sterben, wird dein Grundbesitz genau so vererbt werden, wie du schon vor langer Zeit entschieden hast. Falls ich einen tödlichen Unfall auf dem Land haben sollte, wird mein Grundbesitz so vererbt werden, wie ich entschieden habe, nur daß er irgendwann deinem Land und dem Park zugeschlagen wird.«

»Das kann doch nicht dein Ernst sein«, sagte Parthe. Sie hatte beschlossen, sich über mich lustig zu machen.

»Todernst, wirklich ernst. Glaub mir, Parthe, das wird Harolds hinterhältigen Plänen einen Strich durch die Rechnung machen, was mich unglaublich befriedigen würde. Wer weiß, wie die Ehe wirklich ist. Soweit ich beobachtet habe, sind die meisten Ehen im besten Fall ein Kompromiß, im schlimmsten Fall die reine Hölle. Unsere wird eine dauerhafte Freundschaft bleiben. Wir werden uns wie immer jeden Tag treffen, außer an den Wochenenden, wie wir es bisher gehalten haben. Falls du Lust hast, am Wochenende deine Stiefkinder mit meinen Freunden zusammenzubringen, können wir darüber reden.«

»Und was ist mit der Fernsehserie? Du weißt, daß das für dich zu diesem Zeitpunkt das richtige wäre. Du weißt genau, daß es richtig wäre, nach New York zu ziehen und bei der Serie Regie zu führen. Ich dachte, wir hätten in diesem Punkt Klarheit geschaffen.«

»Eigentlich nicht. Du warst der Ansicht, ich müßte die nächste Sprosse auf der Leiter erklimmen – wenn ich mich recht entsinne, sind das deine Worte gewesen. Nun, vielleicht hast du ja recht, aber vielleicht ist die nächste Sprosse nicht New York. Ich glaube, daß ich das, was ich mit meinem Leben anfangen soll, genau hier, in meinem Haus, in meinem Garten tun muß, als dein Ehemann und Nachbar. Das ist wirklich eine gute Idee, weißt du, die uns beiden zugute kommt. Denk darüber nach und überzeuge dich davon, daß ich recht habe. Eigentlich glaubst du das jetzt schon, aber es wird eine Weile dauern, bis du dich mit dem Gedanken angefreundet hast. Ist mir nicht anders ergangen. Und dann können wir uns einen Anwalt und einen netten Pfarrer suchen, und alles wird wunderbar werden.«

»Alle werden denken, daß du wahnsinnig bist«, gab sie zu bedenken. »Oder schlimmer noch, sie werden annehmen, daß du hinter meinem Geld her bist und ich hinter jungem Fleisch. Nun, relativ jungem Fleisch.«

117

»Bisher hat es dich nie gekümmert, was ›sie‹ denken«, wandte ich ein. »Wieso jetzt damit anfangen? Und«, fügte ich hinzu, »wo wir schon gerade dabei sind, die Dinge ins Reine zu bringen, findest du nicht, daß jetzt der richtige Zeitpunkt wäre, die Sache mit der Ziege zuzugeben? Es war eine reizende Methode, mir mein Schicksal vor Augen zu führen und deinen astrologischen Rat zu untermauern, das muß ich dir schon lassen.«

»Archie. Hör mir mal zu. Ich habe dir die Ziege nicht geschickt. Ich hatte noch nie etwas mit einer Ziege zu tun und würde nie auf die Idee kommen, ein armes Tier in den Garten von jemandem zu verfrachten, ohne den Betreffenden um Erlaubnis zu fragen. Wahrscheinlich würde ich das nicht mal tun, wenn ich die Erlaubnis dazu hätte.«

»Aber ...« begann ich.

»Kein Aber. Ich glaube, du rufst jetzt besser den Sheriff an und organisierst eine Suche, damit der Besitzer der Ziege ausfindig gemacht wird.«

»Das werde ich nur tun, wenn du mich heiratest. Morgen der Anwalt, die Trauung nächsten Montag. Falls du mich nicht heiratest, werde ich der Ziege einfach weiterhin Katzenfutter geben und sie all meine Büsche fressen lassen. Und dann werde ich meinem Garten hinterherweinen. Was ganz schön traurig ist, weil ich ja vorhabe, hierzubleiben.«

Am Ende willigte Parthe ein. Sie hatte wohl das Gefühl (zumindest vermute ich, daß sie in diesen Bahnen dachte), ich würde ihr unterstellen, daß sie mir weder ihr Leben noch ihr Geld anvertraute, falls sie mich nicht heiratete. Und das wollte sie genausowenig, wie ich wollte, daß sie dachte, daß ich ihr nicht vertraute. Schließlich waren wir Freunde.

Und so kam es, daß wir heirateten. Der Pfarrer hatte die Freundlichkeit, zu diesem Anlaß, den wir wie gewöhnlich mit Drinks begossen (an Champagner lag uns nichts) in ihr Haus zu kommen. Der Ehevertrag wurde rechtmäßig unterzeichnet und beglaubigt, und das Leben ging weiter wie bisher. Und war genau so schön wie bisher.

Es freut mich zu sagen, daß Harold und Sylvia überhaupt nicht mehr auf Besuch kamen, nachdem sie den gemeinsten Klatsch und Tratsch in Umlauf gebracht hatten. Marie und ihre Freundin schauten jedes Wochenende vorbei, und meine Freunde kamen auch fast an jedem Wochenende. Unter der Woche nahm ich den Pfad zu Parthes Haus, trank und unterhielt mich mit ihr und ließ den Blick durch den wunderschönen Garten schweifen.

Und ach, da war ja noch die Ziege. Wie sich herausstellte, gehörte sie einem Mann, der auch ein Pferd besaß und auf der anderen Seite des Waldes wohnte. Die Ziege war die Kameradin des Pferdes, das sich einsam fühlte und gar nicht gern allein im Stall stand. Der Ziege war es nicht anders ergangen: Sie war ausgerückt, als das Pferd einmal weg war. Wie ich erfuhr, war es keineswegs ungewöhnlich, daß Pferd und Ziege sich anfreundeten. Das Pferd war ganz bekümmert gewesen, und die Ziege freute sich, wieder heimzukehren und kein Katzenfutter mehr essen zu müssen. Eigentlich komisch, daß das Auftauchen der Ziege weder etwas mit Astrologie noch mit dem Steinbock zu tun hatte.

Machen Sie sich einfach selbst Ihren Reim darauf.

Aus dem Amerikanischen von Bettina Zeller

Diese Geschichte ist Ellin Scott gewidmet, die mich tapfer mit astrologischer Information versorgte. Sie verdient meinen Dank und ist mitnichten verantwortlich, falls ich ihr Talent irreführend oder in einem falschen Kontext verwendet habe.

Edith Kneifl
Pizza Capricorno – ein alpenländisches Melodram

Der Sommer neigte sich dem Ende zu. Leise Melancholie überfiel die Dorfbewohner. Der Berg drückt, sagte dann der Lindinger-Bauer alle Jahre wieder zu seinen Freunden am Stammtisch im ›Goldenen Ochsen‹. Und er wußte, wovon er sprach, hatte sich doch seine geliebte Kreszenzia vor ein paar Jahren um diese Zeit so einfach mir nichts, dir nichts von einer der steilen Felsnasen runtergestürzt.

Der Altweibersommer war auch nicht gerade die beste Zeit für den Humer Sepp. Im Zeichen des Steinbocks geboren, bevorzugte er die kalte Jahreszeit. Der Sepp war der erfolgreichste Jäger der kleinen Gemeinde Albdorf im Lackental, am Fuße des Großen Bären. Da er sich nicht gleich mit jedermann verbrüderte, hatte er nicht viele Freunde im Dorf. Er galt eher als Einzelgänger, und es umgab ihn etwas Düsteres, ja fast Diabolisches, was vielleicht auch nur an seinen dichten, fast zusammengewachsenen, dunklen Augenbrauen lag. Die meisten Albdörfler respektierten und schätzten ihn jedoch. Er hatte nur einen einzigen Rivalen. Das war der Brantinger Alois, genannt Loisl. Der Alois war allerdings kein ordentlicher Jägersmann, im Gegenteil: Er wurde sogar der Wilddieberei verdächtigt. Bisher hatte ihn aber noch keiner dabei erwischt. Der Alois genoß den Ruf, der beste Schütze im ganzen Lackental zu sein. Jedes Jahr gewann er am Kirtag beim Tontaubenschießen den ersten Preis. Das ärgerte den Sepp, der immer nur Zweiter wurde, denn im Grunde war er ein großer Ehrgeizling. Doch der Sepp ließ sich seinen Ärger nicht anmerken. Ruhig und völlig beherrscht gratulierte er jedesmal seinem erfolgreicheren Gegner. Nur bei der anschließenden Siegesfeier – einer großen Sauferei im Bierzelt am Sportplatz – wurde er nie gesehen.

Und dann gab's da noch die Rosemarie Gewandthaler. Manche hielten sie für das hübscheste Mädel im Dorf. Semmelblond und sommersprossig und von der Natur mit zarter, weißer Haut beglückt, entsprach sie allerdings nicht jedermanns Geschmack. Sie sieht eher wie eine Städterin und nicht wie eine Sennerin aus, lästerte so manche Albdörflerin. Die Rosi war mit dem Humer Sepp verlobt, und das schon seit drei Jahren. Und sie war immer noch Jungfrau. Zumindest behauptete sie, jungfräulich zu sein. Und wenn's nach dem braven Sepp ging, würde sie es auch noch bis zur Hochzeit bleiben. Manchmal quälten ihn jedoch leise Zweifel, vor allem im Sommer, wenn sie monatelang allein oben auf der Alm war ... Da er ihr, wie gesagt, schon vor drei Jahren die Ehe versprochen hatte, wurde sie langsam ein bißchen ungeduldig. Vielleicht versucht sie mich deshalb mit dem Loisl eifersüchtig zu machen, dachte sich der Sepp. Er war ein kluger Mann. Doch er konnte sich noch keine Frau leisten und vertröstete deshalb seine Rosi immer wieder aufs nächste Jahr.

In diesem Sommer hatte er sie besonders sträflich vernachlässigt. Seit vier Wochen war er nicht mehr oben auf der Alm gewesen. Aber Kruzifix noch mal, das Mensch wußte ja, daß er wie ein Viech am Staudamm hackelte, nur damit er sie endlich vor den Traualtar führen konnte. Die wilden Bäche traten Jahr für Jahr über die Ufer, und der Fluß, in den sie mündeten, trug jedes Jahr Hochwasser. Das Land hatte beschlossen, die Kraft des Wassers zu nutzen, und mit dem Bau eines Staudamms begonnen. Jeder arbeitsfähige Mann im Dorf wurde gebraucht. Es war kein leicht verdientes Geld. Die Ausländer, die von den Herren der Verbundgesellschaft zusätzlich angeheuert wurden, weil sie nicht genügend österreichische Arbeiter auftreiben konnten, bekamen schlechter bezahlt als die Einheimischen – das war eine gewisse Genugtuung für die Albdörfler. Denn diese glutäugigen, schwarzhaarigen Fremden, die auf der Baustelle in Baracken wohnten, waren den Albdörflern ein Dorn im Auge, obwohl sie dem einzigen Greißler im Ort und dem Wirten vom ›Goldenen Ochsen‹ zu unerhört schwarzen Zahlen verhalfen.

Der Brantinger Alois war der einzige von den Jungen, der sich nicht von der Verbundgesellschaft anheuern hatte lassen. Doch auch seine Geschäfte schienen recht gut zu florieren. Er trieb regen Handel mit den Gastarbeitern, verscherbelte ihnen dies und das und überlegte inzwischen ernsthaft, ob er nicht eine Import-Export-Gesellschaft gründen sollte. Ja, der Alois war eben auch kein Blöder.

Das eigentliche Drama aber nahm seinen Anfang, als der Sepp an diesem wunderschönen Spätsommertag seine Rosi endlich wieder einmal auf der Alm besuchte. Als er aus dem Dickicht des dunklen Nadelgehölzes auf die Lichtung hinaustrat, glaubte er seinen Augen nicht zu trauen. Vor der Almhütte saß ein großer, kräftiger, blonder Mann. Er lümmelte mit nacktem Oberkörper auf der Bank und hatte die Ellbogen auf den schweren, von Würmern angefressenen Holztisch gestützt. Sein purpurrotes Hemd lag zusammengeknüllt neben ihm. Und das protzige Goldketterl auf seinen gekräuselten Brusthaaren blinkte aufreizend im Sonnenlicht.

»Roserl, wo bleibt denn mein Bier?« rief der Alois, als sei er der Herr im Haus.

Das erste, was sich der Sepp dachte, war: Der muß ja noch früher als ich aufgestanden sein, das hätte ich dem Loisl gar nicht zugetraut. Er selbst war in aller Herrgottsfrüh aufgebrochen, um den sechsstündigen Aufstieg bis Mittag zu schaffen.

Kurz darauf erschien die Rosi mit einer Halben in der Tür. Sie errötete bis zu den Haarwurzeln, als sie den Sepp erblickte, gab dem Alois das Krügerl und ging dem Sepp zögernd entgegen. Ein zaghaftes Busserl und sogleich drehte sie sich wieder nach dem Alois um, der ihnen lachend zurief: »Tut's euch wegen mir nur ja keinen Zwang an.«

»Bleibst eh zum Essen?« fragte die Rosi den Sepp nach einer kleinen, peinlichen Pause. »Die Forellen hat der Alois im Wildbach mit der bloßen Hand gefangen ...« Sie starrte dabei mit bewundernden Blicken auf die schlanken Hände vom Alois, die so gar nicht zu seinem eher rundlichen, etwas grobschlächtigen Körper paßten.

Der Alois beschrieb daraufhin ausführlich, wie er die

Forellen, die sich unter einem Stein versteckt hatten, in die Enge getrieben und überlistet hatte.

»Das sind echte Bachforellen, dafür zahlst unten im ›Goldenen Ochsen‹ über hundert Schilling«, sagte die Rosi stolz und hielt die beiden Fische an den Schwänzen in die Höh'.

»Mit einem Fisch kannst mich jagen, das weißt eh«, murmelte der Sepp gereizt. Und erst recht mit einem Fisch, den der Alois gefangen hat, fügte er in Gedanken hinzu und verzog angewidert die dünnen, fest zusammengepreßten Lippen.

Die Rosi kehrte dem Sepp wortlos den Rücken und ging in die Hütte. Der Alois folgte ihr und gab ihr einen Klaps auf das hübsche Hinterteil.

Der Sepp blieb kreidebleich allein draußen sitzen. Da sie die Tür offen gelassen hatten, mußte er mitanhören, wie der Alois der Rosi jeden Handgriff ansagte. »Nur mit einem bisserl Salz und Pfeffer und einem Spritzer Zitrone, so schmecken's am besten ...«

Seine wichtigtuerische Art verdarb dem Sepp endgültig die Laune. Die mit blühendem Almrausch geschmückte Hütte, die immer noch saftigen Weiden, die milden Sonnenstrahlen, die Schäfchenwolken am hellblauen Himmel – diese ganze Idylle hier oben konnte ihm plötzlich gestohlen bleiben.

Der Alois bekam die große Forelle, die Rosi nahm die kleinere, zerteilte sie geschickt und gab dem Sepp ein Stück ab.

Er betrachtete das weiße Fleisch auf seinem Teller mit

Widerwillen. Ihm ekelte vor Fischen und noch mehr ekelte ihm vor dem Alois, der herzhaft zulangte und immer wieder rülpsende und schmatzende Laute von sich gab. Der Sepp hielt sich an die Erdäpfel und den grünen Salat.

»Wenigstens kosten könntest den Fisch – mir zulieb«, bat ihn die Rosi und schaute ihm dabei so traurig in die Augen, daß er mit Todesverachtung einen Bissen in den Mund nahm. Prompt begann er zu husten und zu spucken.

»Wärst nicht der erste, der an einer Gräte erstickt«, sagte der Alois und klopfte ihm dabei kräftig auf den Rücken.

»Trink schnell einen Schluck vom Alois seinem Bier«, riet die Rosi dem Sepp. Doch bevor er aus demselben Glas wie der Alois trank, würde er lieber ersticken.

Die Rosi brachte dem Sepp ein Glas Wasser. Er leerte es in einem Zug. Und obwohl ihm seine Rosi vielleicht das Leben gerettet hatte, schenkte er ihr einen bösen Blick, so als hätte sie ihm absichtlich das Stück mit der gemeingefährlichen Gräte gegeben. Insgeheim machte er allerdings den Alois für sein beinahe vorzeitiges Ableben verantwortlich.

Mehr oder weniger freundschaftlich legte der Alois dem Sepp den Arm um die Schulter und sagte lachend: »Schau nicht so bös, is' eh nix passiert.«

Wütend packte der Sepp den Alois und drehte ihm den Arm auf den Rücken. Und schon gingen die beiden aufeinander los wie zwei brunftige Widder. Ein linker Haken vom Alois erwischte den Sepp recht unglücklich oder glücklich, je nach Standpunkt, zwischen den Augen. Die

Haut unter seinen buschigen Brauen platzte. Es floß Blut, dem Sepp sein Blut. Wie ein wild gewordener Stier stürzte sich die Rosi zwischen die beiden Kampfhähne, trennte sie voneinander und bestand darauf, daß sie sich wieder versöhnten. Sofort streckte der Alois dem Sepp die Hand hin. Doch der Sepp schlug nicht ein, drehte sich um und ging in die Hütte, um sich das Blut von der Stirn zu waschen.

Die Rosi schickte den Alois weg. Zum Abschied machte er natürlich noch eine blöde Bemerkung. »Daß ihr mir nix anstellt«, sagte er und drohte der Rosi mit dem rechten Zeigefinger.

Als sie endlich allein waren, hatten der Sepp und die Rosi den ersten ernsthaften Krach ihres Lebens. Die Rosi weinte herzzerreißend, und der Sepp gab schließlich nach. Er wußte, daß Vertrauen in einer Beziehung fast das Wichtigste war, und da ihm seine Rosi immer wieder versicherte, daß sich ihr Jungfernhäutchen noch völlig intakt befände, beschloß er halt, ihr einfach zu glauben. Außerdem hatte der Alois seit Jahren ein schlampertes Verhältnis mit der Gustl, der reschen, langmähnigen Kellnerin vom ›Goldenen Ochsen‹. Auch das beruhigte den ansonsten sehr mißtrauischen Sepp.

Der Sepp blieb über die Nacht. Er hatte auch schon im vorigen Sommer öfters oben auf der Alm übernachtet. Aber dieses Mal war es was anderes. Zwar hatte ihn die Rosi letzten Sommer ein bißchen bei sich im Bett kuscheln lassen, doch geschlafen hatte er immer in der kleinen, fensterlosen Kammer, in der manchmal auch müde Wanderer Unterschlupf fanden. Die Almhütte war ziemlich geräumig, bestand aus einer gemütlichen Stube mit einem alten, grünen Kachelofen und den zwei Kammern. Rosis Kammer hatte ein Fenster. Von ihrem Bett aus konnte sie den meist von Wolken umhangenen Gipfel des Großen Bären sehen.

An diesem lauschigen Abend bedrängte die Rosi den Sepp mehr als sonst wegen der Hochzeit. Und sie fragte ihn sogar, ob er heute nacht bei ihr im Bett schlafen wollte. Zwar hatte er Bedenken, doch die wußte die Rosi mit ein paar geschickten Handgriffen rasch zu zerstreuen.

Bei Sonnenuntergang ließ sich der Sepp von der Rosi verführen. »Schau, der Berg brennt«, sagte die Rosi. Doch der Sepp hatte keinen Blick für das fantastische Alpenglühen, zu sehr war er damit beschäftigt, seine Unschuld zu verlieren. Die Rosi hatte die ihre längst verloren, aber das konnte der Sepp zu diesem Zeitpunkt natürlich nicht wissen. Sie stellte sich recht geschickt an, führte ihn in sich ein, sagte ihm, wie er sich bewegen sollte ... Der Sepp war viel zu glücklich, um sich über ihre Kenntnisse auch nur zu wundern. Und die Rosi war echt überrascht von seiner Leidenschaft. Zäh und ausdauernd, kam er ein ums andere Mal. Erst in den frühen Morgenstunden sanken sie in Morpheus' Arme.

Am Morgen danach machten sie den Hochzeitstermin fürs nächste Frühjahr aus. Anfang Oktober, wenn die Rosi wieder von der Alm ins Tal kommen durfte, wollten sie gemeinsam beim alten, etwas schwerhörigen Albdörfler Pfarrer das Aufgebot bestellen.

Zum Glück wurde die Alm nur von Mai bis Oktober bewirtschaftet. In der kalten Jahreszeit konnte der Sepp

seine Verlobte, wann immer er wollte, am Hof des Berg-
bauern Lindinger besuchen.

Die Rosi war ein armes Mädel. Der Lindinger-Bauer
hatte sich ihrer erbarmt und sie aufgenommen, nachdem
ihre Mutter viel zu früh an einem furchtbaren Krebs gestorben war. Rosis Mutter war Magd beim Lindinger-Bauer gewesen, und die Rosi war ein lediges Kind. Manche
Albdörfler munkelten, daß sie dem Lindinger seines war,
weil auch er leicht rotschädlert war und eine ganz weiße
Haut hatte, obwohl er Jahr und Tag im Freien arbeitete.
Aber das traute sich keiner laut zu sagen, denn der Lindinger-Bauer war bärenstark und außerdem sehr angesehen
im Dorf.

Es sprach für den Sepp, daß er sich eine Frau ohne jegli-
che Mitgift ausgesucht hatte. Obwohl die Rosi wahrscheinlich den Hof erben würde, da der Lindinger keine
eigenen Kinder hatte. Seine Zenzi hatte keine Kinder kriegen können, vielleicht war's auch deswegen so depressiv
gewesen, vermutete so manche Albdörflerin, die gerade
voller Stolz Mutterfreuden entgegensah.

So oder so hatte der Sepp keine schlechte Wahl getroffen. Nicht nur, weil die Rosi ausgesprochen sauber, sondern auch, weil sie eine Fleißige war. Sie würde bestimmt
einmal eine tüchtige Bäuerin abgeben. Leider hatte der
Sepp keinen eigenen Hof. Als jüngster von drei Brüdern
stand er nach der Hauptschule vor der Wahl, sich dem
Herrgott zu verschreiben oder Jäger zu werden. Sein äl-
tester Bruder hatte den elterlichen Hof geerbt, der mittlere
war in die Landeshauptstadt gezogen und Lehrer gewor-

den, und der Sepp hatte sich eben für die Wildhüterei entschieden. Er ging bereits auf die Dreißig zu, wohnte aber
noch bei seinem Bruder am Hof und bezahlte Kostgeld.
Obwohl er eisern sparte, konnte er sich nicht einmal ein
Auto leisten, so wie der Alois, der seit kurzem mit einem
uralten Opel Kadett die Dorfstraßen unsicher machte.

Der Humer Sepp war ein Ehrenmann. Er beschloß, das
Wort, das er der Rosi gegeben hatte, zu halten. Doch seit er
von der verbotenen Frucht gekostet hatte, war er wie aus-
gewechselt. Seine Triebe begannen ihm gehörig zuzuset-
zen. Um die brave Rosi nicht zu schwängern und dadurch
komplett zu entehren, ließ er sich eine Zeitlang nicht mehr
bei ihr oben auf der Alm blicken. Seine erwachte Glut still-
te er bei der reschen Gustl nach der Sperrstunde im ›Goldenen Ochsen‹ auf der rustikalen, nusseren Theke. Dem
Alois gab die Gustl bald den Laufpaß. Der Sepp war eben
ein viel zuverlässigeres Mannsbild.

Als der Sepp seine Rosi endlich wieder einmal besuchte,
erkannte er sie fast nicht wieder. »Mich stört's nicht,
wennst ein bisserl mollig wirst, im Gegenteil, es paßt dir
ganz gut«, sagte er zu ihr, aber er rührte sie nicht mehr an.
Neuerdings jammerte sie pausenlos und andauernd war ihr
speiübel, und ihr hübsches Gesicht war voller Pickel. Dem
Sepp aber grauste vor allem wegen ihres Schweißgeruchs.
Da also mit der lieben Rosi nicht mehr viel anzufangen
war, vergnügte sich der Sepp immer öfter mit der lustigen
Gustl, die alsbald auch ziemlich rund wurde. Doch da die
Gustl immer schon kräftig gewesen war, fiel ihm ihr wach-
sendes Bäuchlein zuerst gar nicht auf.

Aus der schlanken Rosi war inzwischen ein richtiges Faß geworden.

Von nix kommt nix, sagten die Leute unten im Dorf, als die Rosi im Oktober die Kühe von der Alm hinuntertrieb. Wahrscheinlich wird's nur ein Dirndl werden, wenn's Buben austragen, werden's normalerweise immer hübscher, ätzten vor allem die Frauen.

Als der Sepp seine Verlobte im Herbst zum ersten Mal auf dem Hof vom Lindinger-Bauern besuchte, konnte er sein Erstaunen über ihre Körperfülle kaum mehr verbergen. »Schmeckt's dir denn so gut«, fragte er die Rosi. »Ich mag dich trotzdem«, sagte er, als ihr die Tränen kamen. »Nur mußt aufpassen, daß du's bergauf noch daschnaufst.«

Der ohnehin sehr hagere Sepp wurde mittlerweile immer dünner und dünner. Kein Wunder, hatte er doch zwei Frauen zu beglücken. Die langen Winterabende verbrachte er am Hof des Lindinger-Bauern. Während er sich mit dem Alten unterhielt, häkelte seine Rosi unentwegt Babykleidung, abwechselnd in rosa, hellblau und weiß. Den Sepp langweilten die endlosen Gespräche, die sich immer um die gleichen Themen drehten: die baldige Hochzeit und das freudige Ereignis. In den Nächten flüchtete er zur Gustl ins warme Bett, kroch zu ihr unter die dicke Daunendecke, und auf ihr liegend, vergaß er seinen ganzen Ärger und Frust.

Eines Nachts, als er trotz Gustls intensiver Bemühungen nicht hatte einschlafen können – es quälte ihn sehr wohl das schlechte Gewissen, der Sepp war im Grunde ja ein anständiger Kerl –, zog er sich wieder an und schlich sich hinaus.

Eine sternenklare Nacht. Der Vollmond beleuchtete die schneebedeckten Berge. Der Sepp irrte ziellos herum, genoß die prickelnde Kälte auf seinem unrasierten Gesicht und dachte über sein schweres Schicksal nach. Und plötzlich, als hätte ein Skorpion seinen giftigen Stachel in Sepps zähes Fleisch getrieben, nagten Eifersucht und Mißtrauen an ihm, und fast automatisch schlug er den ordentlich ausgeschaufelten Weg zum Hof des Lindinger-Bauern ein. Oben am Hang angekommen, blieb er stehen und rieb sich die Augen.

Am Fenster von Rosis Zimmer im ersten Stock lehnte tatsächlich eine Leiter. Der Sepp zögerte nicht lange, stapfte die letzten Meter bis zum Haus durch die hohen Schneewächten und kletterte schnurstracks die Leiter hinauf.

In Rosis Zimmer brannte eine schwache Funzel, die Fensterläden waren nur angelehnt. Der Sepp gab acht, daß man ihn von drinnen nicht sehen konnte und spitzte seine großen, abstehenden Ohren.

Laut und deutlich ertönte die tiefe Stimme des Brantinger Alois.

»Depperts Trampel, warum hast net die Pille genommen«, herrschte er die heulende Rosi an.

Ihr heftiges Schluchzen ging dem Sepp durch Mark und Bein. Doch dann bekam er etwas zu hören, das ihm die Zornesröte ins Gesicht trieb. »Wenn du deinem Sepp sagst, daß du von mir schwanger bist, dann bring ich dich um.«

Um seinen Worten Nachdruck zu verleihen, watschte der Alois die Rosi ab. Zumindest hörte der Sepp draußen ein Geräusch, das verdächtig nach einer Watschen klang.

»Aber er wird's doch merken, rechnen kann der Sepp besser als wir beide zusammen«, flennte die Rosi.

»Sagst halt, es ist ein Siebenmonatskind.«

Der Sepp, der inzwischen fast zu einem Eiszapfen erstarrt war, stieg beinahe lautlos die Leiter hinunter. Sein Herz war schwer, seine Seele schwarz und voller Haß.

Und wieder vergingen ein paar endlos lange schneeweiße Wochen, in denen sich der Sepp kaum mehr bei der Rosi und dem Lindinger-Bauern blicken ließ. Und wenn er ihnen einmal kurz Gesellschaft leistete, dann war er noch stiller und verschlossener als früher. Bat ihn die Rosi gar, seine Hand auf ihren dicken Bauch zu legen, dann verdüsterte sich sein Blick noch mehr, und meistens ergriff er gleich, nachdem er mit seinen langen Fingern flüchtig über ihren prallen Bauch gestrichen war, die Flucht.

»Er hat halt jetzt im Winter viel Arbeit mit dem Wild«, versuchte der alte Lindinger-Bauer der unglücklichen Rosi dem Sepp sein sonderbares Verhalten zu erklären. »Bald wird der Schnee schmelzen, aber heuer wird dein Sepp nicht mehr zehn Stunden am Tag unten am Staudamm hackeln müssen«, versicherte er ihr. Er hatte dafür gesorgt, daß sein zukünftiger Adoptiv-Schwiegersohn diese Drecksarbeit nicht mehr nötig hatte. Der Sepp würde demnächst zum Oberjäger befördert werden, gerade noch rechtzeitig vor der Hochzeit, die natürlich auch er, als Quasi-Brautvater, bestreiten würde. Und die ordentliche

Mitgift, die er der Rosi mitzugeben beabsichtigte, würde den Sepp sicher wieder zu Vernunft bringen. Das sagte der Lindinger-Bauer natürlich nicht laut. Anstatt dessen sagte der alte Mann zu dem betrübten Mädel: »Wirst sehen, dein Verlobter wird schon bald wieder freundlichere Nasenlöcher machen.«

Ende Februar bliesen die Jäger zum letzten großen HALALI. Die Jagdsaison für das Dam- und Rotwild ging dem Ende zu. Im Dorf herrschte hektisches Treiben. Nur der Brantinger Alois machte wieder keinen Finger krumm. Man sah ihn oft schon nachmittags im ›Goldenen Ochsen‹ am Stammtisch hocken und flotte Sprüche klopfen. Der Alois war ein großer Trinker vor dem Herrn. Und er war halt ein Angeber und ein Prahlhans, wie's im Buche steht.

Auch der Sepp ließ sich in letzter Zeit des öfteren im ›Goldenen Ochsen‹ blicken. Den Albdörflern war Gustls Zustand natürlich nicht verborgen geblieben. Sie kam mit ihrem dicken Bauch kaum noch zwischen den Tischen durch. Doch erstaunlicherweise ertrug sie ihre Schande mit großer Gelassenheit. Sie war fröhlicher und schlagfertiger denn je. Den Alois behandelte sie allerdings wie Luft.

Der Alois war nur einen Monat älter als der Sepp, aber er hatte sich inzwischen schon so versoffen, daß er fast zehn Jahre mehr auf dem Buckel zu haben schien. Seitdem er kaum mehr einen Schritt zu Fuß machte, sondern nurmehr mit seinem Kadett herumkurvte, hatte sein ungustiöser Gösser-Muskel gesundheitsschädigende Ausmaße angenommen. Aber sein Schmäh war immer noch der alte und kam bei seinen Saufkumpanen auch genauso gut an wie früher, vor allem, wenn er, großzügig, wie er nun einmal war, eine Runde nach der anderen schmiß.

Die Stammgäste im ›Goldenen Ochsen‹ staunten nicht schlecht, als sich eines schönen Abends, genauer gesagt, am Abend vor der letzten großen Jagd aufs Rotwild, der Humer Sepp zum Brantinger Alois an den Tisch setzte. »Es geht um die Gustl ..., gleich gibt's eine Schlägerei«, raunte es durchs Gastzimmer.

Der Sepp und der Alois schienen sich um das Getuschel nicht zu scheren, sie tranken ein paar Halbe miteinander und schienen sich recht gut zu amüsieren. Selbst dem ›heiligen Josef‹, wie manche den Sepp hinter vorgehaltener Hand nannten, kam hin und wieder ein Lächeln aus. Irgendwann, die Sperrstunde war längst vorbei, und die Gustl war schon in ihrer Kammer über der Gaststube verschwunden, bedienten sich der Sepp und der Alois selbst mit Flaschenbier. Den Zapfhahn zu betätigen, hatte ihnen der Wirt, bevor er ebenfalls schlafen gegangen war, strengstens verboten. Und während sie die allerletzte Flasche leerten, beschlossen die beiden ehemaligen Rivalen, am nächsten Tag gemeinsam auf die Pirsch zu gehen. Wankend und sich gegenseitig stützend verließen sie den ›Goldenen Ochsen‹, und im Morgengrauen machten sie sich dann wirklich zusammen auf die Pirsch.

Dem Alois schien diese plötzliche Freundschaft mit dem Sepp nicht ganz geheuer zu sein, da er aber an sich ein friedfertiger Mensch war, überwogen bald die positiven Gefühle für den neuen Freund und ehemaligen Rivalen. Daß der Sepp ihm die Gustl ausgespannt hatte, störte ihn nicht im geringsten. Die Gustl war ihm in letzter Zeit gehörig auf die Nerven gegangen, ja fast richtiggehend lästig geworden, beinahe genauso schlimm wie die Rosi mit ihrer ewigen Jammerei. Er wollte von beiden Weibern nichts mehr wissen, vergnügte sich lieber mit den weniger komplizierten, ausländischen Flitscherln, die im Schlepptau seiner besten Kunden, den Gastarbeitern, ins Lackental gekommen waren und für ein paar Schillinge ihre Liebesdienste unten in den Baracken anboten.

Während sie durch den Wald den Berg hinaufstiegen, wiederholte der Sepp immer wieder, mehr oder weniger lallend, aber das fiel dem Alois nicht auf, da der Sepp sowieso nie ganze Sätze von sich gab, sondern immer stokkend redete und sogar ein bißchen stotterte, daß er endlich einen kapitalen Bock schießen möchte, um »seinem besten Freund, dem Alois« zu beweisen, daß er im Grunde doch der bessere Schütze von ihnen beiden war. »Wirst sehen, auf was Lebendiges zielen, das ist ganz was anderes als dein depperies Tontaubenschießen. Da geht's ums wirkliche Töten«, sagte der Sepp ein bißchen großspurig zum Alois. »Leider war ich heuer vom Pech verfolgt. Es scheint, als hätte sich alles gegen mich verschworen, selbst der heilige Hubertus hat mich schmählich im Stich gelassen. Nicht einmal ein alter, klappriger Rehbock ist mir vor die Flinte gelaufen, geschweige denn ein kapitaler Hirsch.«

Auch an diesem kühlen, nebeligen Morgen schien ihnen Fortuna nicht gewogen. Die Spitze des Goßen Bären verschwand unter einer dichten Wolkendecke, nicht einmal die kleine Nase, von der sich damals die Lindinger Zenzi runtergestürzt hatte, war mit freiem Auge auszumachen. Weit und breit war keine Spur von einem Hirschen zu sehen. Die Steinböcke schienen sich bereits über die beiden erfolglosen Jägersleut lustig zu machen. Völlig ungeniert hüpften sie vor ihren geladenen Flinten herum, so als wüßten sie, daß das Gesetz sie schützte. Der Alois fing an, sich über diese flinken Biester zu ärgern, und nach ein paar Stunden, in denen sie vollkommen erfolglos herumgehatscht waren – die Kondition vom Alois war nicht gerade die beste –, konnte er sich nicht mehr länger beherrschen. Er zielte und drückte ab.

Ein stattlicher Steinbock mußte dran glauben. Er fiel auf der Stelle um. Der beste Schütze des Lackentals hatte ihn aus mindestens hundertfünfzig Meter Entfernung anscheinend mitten ins Herz getroffen.

Der Sepp stieß einen Ton aus, den man als eifersüchtigen Seufzer oder schlecht artikulierte Bewunderung deuten konnte, je nachdem. Und dann sagte er kein Wort mehr, machte dem Alois auch keine Vorwürfe wegen des streng verbotenen Abschusses. Im Gegenteil, als der Alois ihn bat, später zu bezeugen, daß der Bock krank gewesen wäre, nickte er nur gutmütig.

»Ich hol mir die Hörner, wartest auf mich?« fragte der Alois.

Und der Sepp nickte wieder und staunte nicht schlecht, als er durchs Zielfernrohr beobachtete, wie der Alois, plötzlich leichtfüßig wie eine Gemse, ohne jede Ausrüstung, die steile Wand hochkletterte.

Auch dieses Mal war also der Brantinger Alois der bessere Schütze gewesen. Neid und Eifersucht quälten den Sepp stärker denn je, und irgendwann drückte er ganz versehentlich auf den Abzug.

Eine Untersuchung durch die Gendarmen im Ort fand statt, und später kamen auch noch zwei Zivile aus der Landeshauptstadt daher und untersuchten den Unglücksfall.

»Ich dachte, es wär ein Wilderer ..., wollte nur einen Warnschuß abgeben ..., es war schon dämmrig«, stammelte der Sepp und war tagelang völlig am Boden zerstört. »Ich hab am Abend vorher zuviel getrunken. Ich bin nicht an die viele Sauferei gewöhnt ...« Das Wasser stand ihm in den Augen, und er klang so verzweifelt, daß selbst den Kriminesern aus der Stadt seine Geschichte glaubwürdig erschien.

Ein schlimmer »Jagdunfall« halt, sagten die Albdörfler und zuckten die Achseln, der passiert bei uns eigentlich jedes Jahr. Die Einheimischen führten das schreckliche Unglück sowieso auf Sepps Alkoholkonsum zurück. Normalerweise trank der Sepp kaum was Hochprozentiges, höchstens mal ein Seidel oder ein Glaserl Slibowitz, aber eben nur eines. An jenem verhängnisvollen Abend hatte er mindestens sechs Halbe und vier Marillenschnäpse hinuntergeleert. Der Alois hatte die Zeche vom Sepp mitbezahlt, weil der Sepp doch bald ein armes Schwein sein würde, mit dem Gschrappen von der Rosi am Hals und vielleicht auch noch den Balg von der Gustl ..., denn man munkelte so allerlei im Dorf. Der Alois schien es dem Sepp jedenfalls nicht verübelt zu haben, daß er ihm sein Gspusi ausgespannt hatte, behaupteten die Albdörfler.

Ein paar Tage lang trieben sich die Männer in den dunklen Anzügen und den langen Mänteln noch im Dorf herum und fragten die Leute weiter über den Humer Sepp aus. Sie bekamen nur Gutes zu hören. Selbst die Gustl legte ihr ganzes Gewicht für ihn in die Waagschale.

»Der Sepp hat doch nichts dafür können, er zerfleischt sich eh selbst vor lauter Schuldgefühlen«, sagte sie zu den Gendarmen aus dem Dorf und auch zu den Zivilen aus der Stadt. Kurz danach zogen die Kriminalbeamten unverrichteter Dinge wieder ab. Nicht einmal eine Anklage wegen fahrlässiger Tötung bekam der Sepp an den Hals.

Um den Alois war keinem wirklich leid, außer vielleicht seinen ehemaligen Saufkumpanen. »Mit diesem Hallodri hat es einmal so enden müssen ...«, und jede Menge anderer weiser Sprüche wegen seiner Weibergeschichten und seiner Wilderei machten die Runde im Dorf. Nur die Rosi trauerte aufrichtig um den Alois, war er doch immer lustig gewesen, nicht so langweilig und verschlossen wie der Sepp. Auch wenn der Loisl sie manchmal gehaut hatte, er hatte es ja nicht bös' gemeint ..., aber sie hielt lieber ihren Mund und weinte nur heimlich, allein auf ihrem Zimmer. Sie war schon ziemlich dick.

Bei der Rosi wird's bald so weit sein, flüsterten die Alten im Dorf und schenkten dem langen, dünnen Sepp bewundernde Blicke. Und selbst der Herr Pfarrer sagte jedem, der es hören wollte, daß der Humer Sepp eben im Grunde immer schon der bessere Schütze gewesen wär.

Beim Begräbnis vom Alois heulte die Rosi dann doch Rotz und Wasser. Aber sie war die einzige, die Tränen um ihn vergoß. Gustls schöne kornblaue Augen blieben trokken. Sie hatte dem Sepp, wie gesagt, längst verziehen, daß er ihr den Vater ihres ungeborenen Kindes genommen hatte – es würden zwei Kinderchen werden, aber das wußte damals noch keiner im Dorf, nur die Gustl selbst ahnte es, weil gleich vier kleine Beinchen in ihrem Bauch herumstrampelten – die Gustl war eben eine sehr großzügige Frau.

Kurz nach dem Begräbnis vom Alois, bei dem nicht allzuviel Leut' erschienen waren, gebar die Rosi ein »Siebenmonatskind« ein winziges, häßliches und schrecklich schielendes Krispindl.

Der Sepp machte um die Rosi und ihren Nachwuchs nicht viel Gscher. Dafür kümmerte er sich um so mehr um die hochschwangere Gustl. Er war kein Falscher und erklärte jedem, der es hören wollte, daß der Rosi ihr Kind nicht seines war, sondern das vom Alois, und daß er sich deswegen um die Rosi und ihren Bastard nicht zu kümmern brauchen würd.

Vor allem die Albdörflerinnen meinten, es würde der eitlen Rosi, die eigentlich gar nicht eitel war, sondern nach der Geburt nur wieder sehr hübsch, schon recht geschehen. Man ließ sich eben nicht ungestraft mit zwei Mannsbildern gleichzeitig ein.

Drei Monate, nachdem die Rosi dem zarten Mäderl das Leben geschenkt hatte, erblickten die Zwillinge von der Gustl, zwei stramme Buben, die bestimmt eines Tages tüchtige Schützen werden würden, das Licht der Welt. Und kurz darauf wurde in Albdorf eine Hochzeit gefeiert, keine große Dorfhochzeit zwar, sondern nur eine bescheidene, kleine Feier im engsten Familienkreis. Die Braut war wunderhübsch anzusehen in ihrem langen weißen Kleid. Ihr dichtes, blondes Haar trug sie offen, auf die Schultern fallend. Sie hat eine Mähne wie ein Löwe, flüsterten die Albdörfler, die vor der Kirche Spalier standen, bewundernd.

»Man darf eben nicht jedes Wort auf die goldene Waage legen«, hatte der Sepp zu der heulenden Rosi am Tag vor seiner Hochzeit mit der reschen Gustl gesagt, und er hatte sich durch Rosis Tränen nicht erweichen lassen, im Gegenteil, er hatte der Rosi in vollem Ernst vorgeschlagen, daß sie ja, zumindest im Winter, statt der Gustl im ›Goldenen Ochsen‹ kellnerieren könnte, denn die Frau Oberjäger hätte in Zukunft die Kellnerei nicht mehr nötig.

Ein paar Tage nach der Hochzeit wurde der Sepp hochoffiziell zum Oberjäger ernannt, allerdings gegen den Willen des Lindinger-Bauern, der die Sache aber vorher zu intensiv betrieben hatte, um sie nun wieder rückgängig machen zu können. Und bald darauf fingen der Sepp und die Gustl zum Hausbauen an. Trotz der vielen Arbeit kümmerte sich der Sepp weiterhin rührend um die beiden kräftigen Buben, denen er den Vater genommen hatte.

Als der Bruder vom Sepp, der gescheite Herr Lehrer aus der Stadt, einmal zu Besuch ins Dorf kam, betrachtete er die beiden Säuglinge, die wie ein Ei dem anderen glichen, mit kritischem Blick, und er kapierte sofort, was bisher nur die Gustl gewußt hatte, und selbst sie war sich nicht ganz sicher gewesen. Das ist dein eigen Fleisch und Blut,

sagte er zum Sepp. Schau dir nur diese dicken Haarbüschel
an. Er strich den Zwillingen über das dichte dunkelbraune
Haar. Auch sonst ist die Ähnlichkeit unverkennbar, fuhr er
fort und hielt dem Sepp und der Gustl einen Vortrag über
die Erbmasse und die guten Gene der Humerschen Fami-
lie. Der Bruder vom Sepp unterrichtete Biologie und war
ein Anhänger der Vererbungslehre.

Mit stolz geschwellter Brust gab der Sepp die freudige
Nachricht am Sonntag nach der Messe am Stammtisch im
›Goldenen Ochsen‹ weiter. Und die Leute im Dorf sprachen von nun an mit noch mehr Hochachtung von ihm.
Daß er die Rosi hatte sitzenlassen, ward ihm längst verziehen. Schließlich war's selber schuld, das blöde Mensch,
wenn's sich einen Gschrappen von diesem Nichtsnutz
Alois hatte andrehen lassen. Sie war eben ein Flitscherl, genauso eine wie diese ausländischen Menscher unten in den
Baracken am Staudamm. In letzter Zeit sah man sie außerdem häufig mit einem dieser pechschwarzen Fremden von
der Baustelle durch den Wald latschen. Giuseppe heißt er
und das bedeutet Sepp auf gut Deutsch, hatte der Lindinger-Bauer, der auch nicht gerade begeistert über diese Verbindung war, seinen Nachbarn erzählt. »Er stammt aus Sizilien, aber er dürfte ein anständiger Kerl sein«, sagte er
immer gleich dazu.

Von ihrem Selbstmordversuch und ihrer Rettung durch
diesen kleinen, schnurrbärtigen Ausländer wußte keiner
im Dorf, nicht einmal der Lindinger-Bauer wußte das.

An jenem lauschigen Abend, als ihr der Sepp mitgeteilt
hatte, daß er die Gustl zum Traualtar führen würde, ging die

Rosi nämlich ins Wasser. Sie legte ihr Kind ins Gitterbett, hinterließ ein paar Zeilen für den Lindinger-Bauern, die er zum Glück nie zu Gesicht bekam, und ging hinunter zum halbfertigen Staudamm. Bevor sie aufs Gerüst kletterte, bekreuzigte sie sich dreimal, und bevor sie ins eiskalte Wasser sprang, schickte sie ein Stoßgebet zum Himmel. Die Rosi konnte, so wie die meisten Albdörfler, nicht schwimmen.

Der kleine, dunkelhaarige Fremde sprang hinterher, sprang mitsamt seinen warmen Klamotten ins Wasser. Er kam aus dem Süden, aus einem Dorf am Meer, und er litt unter Heimweh, saß fast jeden Abend am Wasser. Giuseppe liebte das Wasser und haßte die Berge, und er war ein guter Schwimmer. Plötzlich tauchte er wie ein Wassermann unter der halbtoten Rosi auf, legte seinen Arm um ihren Hals und schwamm mit ihr im Schlepptau ans Ufer. Mit Mund-zu-Mund-Beatmung erweckte er sie wieder zum Leben. Seine warmen, weichen Lippen auf ihrem Mund wollte die Rosi dann ihr ganzes Leben lang nicht mehr missen.

Doch das ist noch lange nicht das Ende der Geschichte.

Als der Sepp im nächsten Spätsommer wieder einmal auf Gamsjagd ging, kam er oben auf der Alm vorbei. Die Rosi sah ihn schon von weitem, erkannte ihn an seinem müden, schleppenden Gang.

»Schau, da kommt der Onkel Sepp«, sagte sie zu ihrem Silberfischerl.

»Peppi, Peppi, Peppi«, ahmte die Kleine ihre Mutti nach und winkte mit ihrem Patschhanderl dem fremden Onkel hocherfreut zu.

Der Sepp würdigte die beiden am Fenster der Almhütte keines Blickes.

Ein Gewitter zog auf. Und obwohl der Sepp wußte, wie schnell das Wetter in den Bergen daherkommen konnte, kraxelte er auf die hohe Nase hinauf. Er war hinter einem kapitalen Gamsbock her und vergaß dabei auf alle Vorsicht.

Am nächsten Morgen – die Luft war herrlich klar und frisch, gereinigt durch das Unwetter – ging die Rosi mit der Kleinen an der Hand nachschauen, ob auch keine Kuh abgestürzt war. Die Rosi schaute in jede Felsspalte, konnte zum Glück aber kein verirrtes Tier entdecken. Doch auf einmal vernahm sie leises Wimmern.

»Hast das auch gehört, Mausi?« Die Rosi beugte sich über den Grat.

Mindestens dreißig Meter unter ihnen lag eine zusammengekrümmte Gestalt. Der Mann lag halb über dem Abgrund, klammerte sich mit beiden Händen an einen Felsvorsprung. Erst auf den zweiten Blick erkannte die Rosi ihren Sepp. Der Arme hat sich was gebrochen, er kann sich nicht mehr rühren, dachte sie. Doch plötzlich vermeinte sie zu sehen, wie sich seine linke Hand bewegte – ein schwaches Winken? Er schien sie ebenfalls entdeckt zu haben.

Die Rosi nahm das Kind auf den Arm und betrachtete lange und sehr nachdenklich den regungslos daliegenden Sepp. Das Wimmern erklang mal stärker, mal schwächer zu ihr herauf. »Wir müssen schauen, daß wir heimkommen, da hinten zieht es schon wieder ganz schwarz herauf.

– Sag schön Baba zu dem armen Onkel Sepp«, befahl sie nach einer Weile ihrem Töchterchen.

»Baba«, erklang es glockenhell. Und durch das Echo hallte es laut und deutlich bis zum Oberjäger Sepp hinab.

»Gut, daß du außer Baba noch nicht viel sagen kannst, mein kleines Patscherl«, flüsterte die Rosi, als hätte sie Angst, der Sepp könnte sie hören, und kehrte mit ihrer Kleinen in die Hütte zurück.

Der Gipfel des Großen Bären verschwand unter einer großen schwarzen Wolke, und auch die Spitze der kleinen Nase war von der Hütte aus bald nicht mehr zu sehen. Die Rosi begann zu kochen, es gab Fisch, und sie hoffte, Giuseppe würde bald daherkommen und zwar noch rechtzeitig, bevor's draußen wieder zu blitzen und zu donnern anfing. Giuseppe aß gerne Fisch, und er scheute auch nicht den sechsstündigen Aufstieg, jeden Samstag nach der Arbeit am Staudamm.

Ein fernes Donnergrollen, und kurz darauf setzte heftiger Hagel ein, trommelte auf das Dach der Hütte wie die Faust Gottes. Die kleine Maid schrie wie am Spieß. Die Rosi erstarrte, sie war eine fromme Frau, glaubte an das Wort Gottes und an die Heilige Schrift. *Und die Rache ist mein, sagte Gott ...* Zitternd wie Espenlaub ließ sie sich auf der Ofenbank nieder, drückte das kreischende, kleine Dirndl fest an ihren Busen und betete für Giuseppe.

Kaum hatte der schreckliche Sturm – er war noch viel schrecklicher als der gestrige – etwas nachgelassen, hörte sie eine geliebte Stimme ihren Namen rufen. Sie stürzte hinaus in den Regen und eilte dem Geliebten entgegen, der gerade aus dem Dickicht des Waldes auftauchte. Giuseppe hatte das Unwetter, zusammengekauert unter einem Jägersitz, heil überstanden. Patschnaß war er halt und halb erfroren.

»Zieh dich rasch aus und leg dich gleich ins Bett«, sagte die Rosi. Während er sich seiner Kleider entledigte, steckte sie das Silberfischerl ins Gitterbett und leistete dann dem Giuseppe in ihrem eigenen Bett Gesellschaft. Draußen rauschten die Wälder, die Vögel begannen wieder zu zwitschern, und sie wärmte ihren Giuseppe mit ihrem wunderbaren, weichen Körper. Die Rosi war eben eine praktische Frau.

Jahre später: Aus dem zarten, kleinen Silberfischerl war ein fesches Mädel geworden, und das Schielen hatte sich inzwischen auch gänzlich von allein gegeben. Sie gerät ihrer Mutter nach, sagten die Leute im Dorf und meinten das durchaus als Kompliment. Die hübsche Heidi – ihre Mutter hatte sie eigentlich Heidemarie getauft – war nicht nur eine gute Schülerin, sondern paßte auch immer brav auf ihr kleines Brüderchen auf. Sie hing sehr an diesem kleinen, schwarzgelockten Teufelchen, der nach seinem Vater genannt worden war, der Einfachheit halber aber von jedermann Seppi gerufen wurde. In Sizilien würde er natürlich Giuseppe heißen.

Die Rosi war schon lange nicht mehr oben auf der Alm. Der Lindinger-Bauer hatte viel Grund verkauft, und mit dem Geld hatte Rosis Mann ein großes Haus am Hang über dem Stausee gebaut und unten im Erdgeschoß eine Pizzeria aufgemacht, die erste Pizzeria im ganzen Lackental. Giuseppe hatte das Geschäft gut im Griff, und seine Pizza *Capricorno* wurde weit über das Lackental hinaus gerühmt. Der ›Goldene Ochse‹ stand kurz vorm Zusperren.

Giuseppe erlaubte seiner Frau nicht, in der Pizzeria zu arbeiten, in dieser Hinsicht war er ein bißchen altmodisch. Und so kümmerte sich die Rosi halt um das große Haus und die Kinder, und an den langen Samstagen fuhr sie mit ihrem Alfa Romeo immer in die Landeshauptstadt zum Einkaufen.

Giuseppe hatte die resche Gustl als Kellnerin engagiert. Die Gustl war allerdings längst nicht mehr so resch und fesch wie früher, aber sie war immer noch eine tüchtige Kellnerin. Wenn sie niemanden fand, der ihr draufschaute, dann brachte sie auch ihre beiden dunkelbraunen Buben zur Arbeit mit. Die Zwillinge hockten dann oft den ganzen Abend lang in der Küche und machten Hausaufgaben. Nur ganz selten sah man sie hinter dem Haus Fußball spielen. Die Rosi erlaubte ihrer Heidi nie, mit den Zwillingen zu spielen, obwohl's eigentlich keine schlimmen Buben waren und schon gar keine Wildfänge, sondern eher brav und still und sehr verschlossen.

Abends, nach der Sperrstunde, saßen die Rosi und ihr Mann dann oft zusammen unten am Ufer des Stausees und schauten aufs Wasser. Und im Spätsommer ging die Rosi auch manchmal allein auf den Friedhof, am Fuße des Berges, wo der Sepp und der Alois friedlich vereint nebeneinander lagen. Sie brachte den beiden immer Wiesenblumen, die sie unterwegs gepflückt hatte, und verteilte die schönen, bunten Blumen gerecht auf beide Gräber.

Frank Goyke *Geburt und Sterben im Tierreich*

Ausgerechnet an der Ampel vor dem Sozialamt hätte Dorle Ziller beinahe einen Verkehrsunfall verursacht. Diese Ampel sicherte keine Kreuzung, sondern einen schlichten Überweg. Sie reagierte auf den Knopfdruck querungswilliger Passanten, und böse Zungen behaupteten, man habe die Ampel nur installiert, damit die Säufer sicher den Weg zum Trog fänden. Dorle Ziller hielt diese Bemerkung für unlogisch. Sie hatte von Berufs wegen viel mit schweren Trinkern zu tun, und diese drückten nicht auf Knöpfe, wenn sie über die Straße torkeln wollten. Außerdem waren es zwei Schulkinder, vor denen sie ihren Wagen gerade noch zum Stehen brachte.

Dorle Ziller hatte das Ampelrot übersehen, weil sie völlig erschöpft war. Die Endprobenwoche schlauchte sie. Endproben waren immer anstrengend, aber wenn Hagedorn Regie führte, waren sie es um ein Vielfaches. Benito Hagedorn war ein einfallsloser Regisseur, dessen Anweisungen sich darin erschöpften, die Sängerinnen und Sänger sinnlose Gänge machen zu lassen. Da er sich seiner geringen Talente offenbar bewußt war, kompensierte er sein Ungenügen mit Geschrei und Wutausbrüchen.

Dorle Ziller hatte genug Theatererfahrung, rein äußerlich prallten alle Anwürfe von ihr ab, aber sie nagten eben doch an der Substanz. Dabei war die *Lustige Witwe* nun wirklich Routine. Immer wieder einmal gelangte diese

Operette auf den Spielplan. Sie war ein Dauerbrenner, der beim Publikum stets ankam, und man sagte von ihr, daß man als Regisseur nichts falsch machen könne. Hagedorn bewies das Gegenteil.

Die Titelpartie in der *Lustigen Witwe* hatte Dorle Ziller schon mehrfach gesungen. Zu einer Zeit, da sie noch nicht auf der Welt gewesen war, hatte man Léhars Werk häufig aufgeführt, da es das Lieblingsstück des Führers gewesen war. Und auch die Funktionäre der SED-Kreisleitung hatten ihren Segen erteilt, wenn einer der häufig wechselnden Intendanten die *Witwe* angekündigt hatte. Sie war nicht im geringsten anstößig, und man konnte sie auch politisch nicht mißverstehen. Dorle Ziller seufzte. Sie bog von der Bundesstraße in die Stadtrandsiedlung, in der sie ein kleines zweistöckiges Haus ihr eigen nannte, ein Haus aus rotem Stein und mit einem spitzen Ziegeldach. Ursprünglich waren die Ziegel rot gewesen, doch der Staub aus den Tagebauen, den der Wind Jahre und Jahrzehnte über Senftenberg abgelagert hatte, verlieh ihnen mittlerweile ein rostbraunes Aussehen. Auch Dorle Ziller fühlte sich verschwitzt und verstaubt. Mit Behagen dachte sie an das ausgiebige Bad, das sie in wenigen Minuten nehmen würde.

Annekathrin lag im Wohnzimmer auf der Couch. Sie hatte sich ein paar Sofakissen in den Nacken geschoben, und alles, was sie zum Leben brauchte, befand sich in Griffweite: das Telefon, die Fernbedienungen, ein paar Frauenzeitschriften, die Keksdose und die Schale mit den Chips. Im Fernsehen lief gerade der Abspann einer Nach-

mittagstalkshow, Trailer nannte man das wohl, und Annekathrin angelte nach der Fernbedienung für den Videore-
corder. Ihre Tochter so daliegen zu sehen, wenn sie von der
Probe kam, war für Dorle Ziller ein seit Jahren vertrautes
Bild. Vor vier Jahren, vielleicht waren es auch schon fünf,
hatte die *Lausitzer Braunkohle AG* mit ein paar ausge-
kohlten Tagebauen auch gleich Annekathrin Ziller abgewickelt. Als Dorle Zillers Tochter hatte Annekathrin natürlich keine Kohle geschürft, sie hatte ihr Abitur gemacht
und war gegen den Willen der Mutter Bergbauingenieurin
geworden. Nicht, daß sie sich für Bodenschätze und ihren
Abbau jemals interessiert hätte, ihren Beruf hatte sie nur
aus Bequemlichkeit gewählt. Er hatte ihr ermöglicht, Senftenberg niemals wirklich verlassen zu müssen. Bereits als
sie an der Bergakademie in Freiberg studiert hatte, war sie
an jedem Wochenende nach Hause gekommen. Dann hatte sie ihr Diplom erhalten und mit dem Zeugnis eine
scheinbar endgültige Anstellung bei jenem Betrieb, der damals noch ein Kombinat gewesen war. Seither war sie ein
paarmal von anderen bewegt worden, hatte sich selbst aber
nur einmal bewegt. Die Folgen waren katastrophal.

Dorle Ziller grüßte ihre Tochter nicht, sondern begab
sich schnurstracks ins Badezimmer. Sie sprachen wenig
miteinander, weil es kaum etwas zu besprechen gab, und
falls es doch einmal unvermeidlich war, wich Annekathrin
aus. Eine ernsthafte Konfrontation stand in Kürze wieder
bevor, und diesmal konnte Dorle Ziller keine Ausflüchte
dulden. Sie mußte auf einer Entscheidung bestehen. Annekathrin haßte nichts so sehr wie Entscheidungen.

Dorle Ziller ließ heißes Wasser in die Wanne laufen und gab einen Extrakt aus Fichtennadeln hinzu. Sie legte Rock und Bluse ab, streifte die Strümpfe von den Beinen und kehrte in Unterwäsche zur Wohnzimmertür zurück. Jetzt trat sie ein.

Bereits bevor sie sich in die Pflegefallposition begeben hatte, mußte Annekathrin ihr Lieblingsvideo eingelegt haben, das sie nun mittels Fernbedienung startete. Dorle Ziller kannte das Video ebenso auswendig wie Text und Partitur der *Lustigen Witwe*, weil Annekathrin sie alle zwei, drei Tage nach der Probe zwang, zumindest Ohrenzeugin zu werden; manchmal verharrte sie auch und schaute ein paar Minuten zu. Das Band enthielt eine Reportage von einer Dreiviertelstunde Länge mit dem Titel *Geburt und Sterben im Tierreich*. Vor vielleicht anderthalb Monaten war sie im Fernsehen augestrahlt worden und hatte ein kleines Wunder bewirkt: Für ein paar Tage war in Annekathrin etwas wie Ehrgeiz erwacht, sie hatte mehrere Fernsehzeitschriften studiert und dann tatsächlich die Wiederholung aufzeichnen können. Diese Aufzeichnung sah sie sich seitdem ständig an.

Es gab ein paar Aufnahmen, die auch Dorle anrührten und eine mütterliche Saite in ihr zum Klingen brachten. Allerlei Tierkinder wurden dem Zuschauer dargebracht, kleine Katzenknäuel, die sich aneinanderschmiegten, soeben entbundene Giraffen auf wackligen Stockbeinen, Elefantenbabys, die Schutz unter dem Mutterleib suchten, winzige nackte Vögel, die sich aus dem Ei pickten. Nur sehr ungern allerdings und mittlerweile gar nicht mehr betrachtete Dorle die Bilder von Krankheit, Sterben und Tod. Sie empfand es zwar als außerordentlich beeindrukkend, mit welcher Würde Elefanten starben und mit welcher Intensität sie von den Überlebenden betrauert wurden, aber die Aufnahmen von den Tauben auf dem Markusplatz, die eine kranke Artgenossin wegstießen und weghackten, konnte sie nicht ertragen.

Dorle Ziller trat zur Anrichte, griff die Cognacflasche und einen Schwenker aus der Vitrine, nahm das Zigarettenetui aus einer Kristallschale, in der sie es aufbewahrte, deponierte alles auf einem kleinen Tablett und legte auch eine Schachtel Zündhölzer hinzu. Fast ohne es zu wollen, wartete sie auf ein paar Sätze des Sprechers, über denen sie neuerdings halbe Nächte vergrübelte. Sie balancierte das Tablett in der linken Hand, langte mit der rechten vor ihrer niedergestreckten Tochter auf den Tisch, entschied sich nach kurzem Zögern für *Coupé* und *Praline* und zog sich, ausgerüstet für die innere Reinigung, zur äußeren ins Bad zurück.

Wenn Annekathrin die Reportage *Geburt und Sterben im Tierreich* anschaute, regulierte sie die Lautstärke so, daß sie das gesamte Haus und womöglich auch die Siedlung beschallen konnte; kein Wort sollte ihr entgehen. Dorle hantierte an den Armaturen, gab etwas kaltes Wasser zu dem heißen, atmete tief den Fichtennadelduft ein und legte ein Brett so über die Wannenränder, daß es als Tisch dienen konnte. Von der Waschmaschine, auf der sie es vorübergehend abgestellt hatte, wechselte das Tablett aufs Brett, auch die Zeitschriften bekamen dort einen Platz, und dann endlich versenkte Dorle ihren noch höchst ansehnlichen Körper unter den Schaum.

Zuerst schloß sie die Augen und gab sich ganz der Wärme und dem Duft hin. Sie zwang sich, die unerquickliche Probe zu vergessen, was ihr nicht leichtfiel, doch nachdem sie die Augen wieder geöffnet hatte, half sie mit einem Schluck Cognac nach, echtem natürlich. Sie zündete eine Zigarette an, blätterte die *Praline* auf und suchte nach dem Horoskop, um sich vollends abzulenken. Das mißlang.

Sie konnte nicht anders, sie lauschte nach dem Wohnzimmer und den Worten des Sprechers. Entgegen ihrer strengen Gewohnheit schenkte sie Cognac nach und zündete eine zweite Zigarette an. Plötzlich erschrak sie heftig und aus einem ganz banalen Grund: Die Zeitschrift war ihren Händen entglitten und ins Wasser gefallen. Sie war tatsächlich überspannt, überanstrengt, wohl sogar am Ende ihrer Kräfte, die sie immer einzuteilen verstanden hatte. Als schließlich die gewissen Sätze fielen, kam es ihr schon wie eine Erlösung vor.

»Wir haben gesehen, wie im Reich der Tiere neues Leben entsteht und zur Welt gebracht wird«, sagte der Sprecher mit sonorer Stimme. »Wer aber die Geburt eines Lebewesens und seine ersten Erdentage mit Freude und Wohlwollen betrachtet, der muß auch den Tod akzeptieren. Auch im Tierreich muß eines Tages die alte Generation einer neuen Platz machen.« Dann sang ein Schwan.

Annekathrins geradezu besessene Beschäftigung mit der Geburt von Katzen, Giraffen, Elefanten und Geiern war nicht aus heiterem Himmel gekommen, jedenfalls nicht ganz. Nachdem Dorle immer wieder gebohrt und gebohrt hatte, war ihr schließlich nichts anderes übriggeblieben, als eine Beichte abzulegen. Dorle hatte bereits eine Ahnung gehabt, so daß die Eröffnung sie zwar entsetzte, aber nicht mehr überraschte. Die willensschwache Tochter hatte sich wieder von einem anderen bewegen lassen, von einem Mann. Von dieser Bewegung war sie schwanger geworden. Und Dorle war die eigentlich Schuldige. Mit allen ihren Zungen hatte sie auf die Tochter eingeredet, mit Engelszungen wie auch mit der Reibeisenzunge. Sie hatte Annekathrin bekniet, ihr gedroht und ihr das Schicksal alter Jungfern ausgemalt. Dabei hätte sie die Nesthockerin auf der Couch verschimmeln lassen sollen, um sich Ärger zu ersparen. Schließlich, wohl mehr, um den Vorhaltungen der Mutter zu entfliehen, denn aus Überzeugung, also wie üblich aus Bequemlichkeit, hatte sich Annekathrin aufgerafft und einen Tanztee im *Knappenkrug* besucht. Dort traf sich an jedem zweiten Samstag im Monat der SECAFM, der Senftenberger Club alleinstehender Frauen und Männer, wie er etwas sperrig hieß. Dorle mit ihrem Sinn fürs Praktische hatte gegen diese technisch anmutende Bezeichnung nichts einzuwenden, weil sie alberne Vorstellungen vom Händchenhalten auf blühenden Wiesen und pubertärem Gewisper an ebenfalls wispernden Bächen gar nicht erst aufkommen ließ. Sie hatte auch nicht erwartet, die Tochter würde im *Knappenkrug* irgendein Liebesabenteuer erleben. Ihr war nur daran gelegen gewesen, daß Annekathrin endlich mit anderen Menschen als den Sachbearbeitern auf dem Arbeitsamt Umgang pflegte, und das aus durchaus egoistischen Motiven. Die Tochter war nun siebenunddreißig. Wenn man ihr kein Feuer unterm Hintern machte, befand sie sich auf dem besten Wege zu einer sauertöpfischen, ewig nörgelnden Trine, die sich jede in den Talkshows behandelte Krankheit einbildete. Mit einer solchen Person aber wollte und konnte Dorle nicht unter einem Dach leben. Solche Menschèn machten sie rasend.

Noch eine dritte Zigarette genehmigte sich Dorle Ziller und auch noch ein wenig Cognac. Das bescheidene Experiment SECAFM war gründlich schiefgegangen. Annekathrin, nach siebenunddreißig Jahren Leben unter Mutters Rockzipfeln vollkommen unerfahren und lebensuntüchtig, hatte sich verliebt. Dorle mochte es nicht einmal denken, aber sie mußte es wohl oder übel. Verliebt, so nannte es Annekathrin, denn es war natürlich bloß eine Einbildung. Sie war froh gewesen, nach den ersten angstbesetzten Minuten im *Knappenkrug* einem Mann die Initiative überlassen zu können. Wäre zufällig ein Eimerkettenbagger vorbeigekommen, dachte Dorle böse, sie hätte sich auch ihm hingegeben. Das wäre entschieden besser gewesen. Eimerkettenbagger vermehren sich nicht.

Unmittelbar nach Annekathrins Beichte hatte sich Dorle Ziller zur Gelassenheit gezwungen und die Dinge auf ihre praktischen Folgen hin abgeklopft. Wenn Annekathrin das Kind austrug, würden die Mutterpflichten an ihr hängenbleiben; darüber machte sich Dorle keinerlei Illusionen. Das Kind würde von ihrem Geld leben, sie würde es windeln, beköstigen und erziehen müssen, und Dorle wußte, was das für eine Frau bedeutete, die abends entweder Probe hatte oder auf der Bühne stand. Annekathrin jedoch würde mit dem Kind nicht umgehen können, es vernachlässigen oder mehrmals am Tag im Theater anrufen, wenn sie nicht mehr weiter wußte. Dorle Ziller mit ihren einundsechzig Jahren, die man ihr keineswegs ansah, hatte zwar eine starke und widerstandsfähige Natur, sie vermochte sich gegen beinahe alle Widrigkeiten zu behaupten, aber was zuviel war, war zuviel.

Dorle Ziller ließ das vom Badewasser durchtränkte Heft auf die Fliesen klatschen, stöpselte die Cognacflasche zu und widmete sich der *Coupé*. Annekathrin studierte in diesem Käseblatt jeden Artikel, für Dorle waren nur die Rätsel von Interesse, und zwar als ihr Programm für geistige Fitneß. Sie löste alle, Kreuzwort-, Silben- und Zahlenrätsel, allerdings nicht beim Baden. In der Wanne galt ihre Aufmerksamkeit den Horoskopen. Natürlich schenkte sie den Sternen keinen Glauben, und auch dadurch unterschied sie sich von ihrer spinnerten Tochter. Die hielt die nichtssagenden und austauschbaren Floskeln doch tatsächlich für Offenbarungen. Sie wollte eben glauben, und es schien fast gleichgültig, woran. Wer glaubt, muß nicht handeln.

Dorle Ziller war in einem atheistischen Staat aufgewachsen, oder wie es der aus Münster stammende Hagedorn ausdrücken würde, sie war in einem atheistischen Staat sozialisiert worden. Dessen Führungspersonal hatte sich zwar zunehmend als wundergläubig erwiesen, je mehr sich dieser Staat seinem Untergang näherte, aber Dorle hatte es immer schon lieber mit den irdischen Dingen ge-

halten, auf die sie Einfluß nehmen konnte. Dennoch mußte sie einräumen, daß die Eigenschaften, die man dem unter einem bestimmten Sternbild Geborenen zuschrieb,
durchaus zutrafen. Sie zum Beispiel war ein Steinbock. *Mit
Ihrer disziplinierten Art sind Sie ein Anhaltspunkt für andere*, behauptete *Coupé*. *Morgen sollten Sie jedoch alle
fünfe gerade sein lassen und sich so richtig verwöhnen.*
Dorle Ziller schüttelte den Kopf. Auf die faule Haut würde sie sich weder morgen noch in den nächsten Tagen legen
können, schließlich warfen Generalprobe und Premiere
ihre Schatten voraus. Diszipliniert, das war sie allerdings.
Diszipliniert, ehrgeizig und zielstrebig. Und obwohl sie
die *Lustige Witwe* zum x-ten Male sang, versuchte sie, ihr
Bestes zu geben und der Partie neue Aspekte abzuringen.
Der Traum war zwar über die Jahre schwächer geworden,
aber noch immer hoffte sie, Senftenberg würde nicht ihre
Endstation sein.

Im Gegensatz zu ihr, die ihr Schicksal in die eigenen
Hände zu nehmen pflegte, ließ Annekathrin sich durch
Raum und Zeit treiben wie ein führerlos gewordenes
Schiff. Sie war eine im Sternbild Krebs Geborene. *Denken
Sie nicht nur an Ihren Job*, empfahl *Coupé*. Dorle wünschte, daß ihre Tochter an nichts anderes denken würde. *Frönen Sie, auf den Schwingen der Liebe, sinnlichen Genüssen. Sie sind phantasievoll und wecken die Sehnsucht anderer.*

Das war starker Tobak; es war unverantwortlich, der
Tochter einen solchen Rat zu geben. Die Phantasie, die das
Horoskop Annekathrin zubilligte, war pure Phantasterei.

Daß Annekathrin wie alle Krebse ein Nesthocker war, konnte man zwar auch positiv betrachten: Sie war eben ein Familienmensch. Und während des jahrelangen Herumliegens auf der Couch mußten von ihr, ohne daß Dorle es bemerkt hatte, irrwitzige und irreale Vorstellungen vom Familienleben Besitz ergriffen haben. Dorle hatte bei ihrer Tochter auf Granit gebissen, und das geschah höchst selten. An Abtreibung war nicht zu denken, Annekathrin wollte das Kind unbedingt austragen. Sie mußte sich ja auch keine Sorgen machen, denn würde es eng werden, waren immer noch Dorle und ihre Einkünfte da. Darauf schien Annekathrin offenbar zu spekulieren. Dorle jedoch hatte in Gedanken längst den Stift erhoben, mit dem sie der Tochter einen Strich durch die Rechnung machen würde.

Vernünftigen Argumenten war Annekathrin nicht zugänglich. Nachdem sich Dorle zum Schein damit abgefunden hatte, Großmutter zu werden, hatte sie von der Tochter verlangt, sich rechtzeitig um den Unterhalt vom künftigen Vater zu kümmern. Nichts dergleichen hatte Annekathrin getan. Sie lag weiterhin auf der Couch herum, schmachtete nach dem Mann, der vermutlich bereits über alle Berge war, und wollte sich ihr Wolkenkuckucksheim mit nettem Mann und pflegeleichtem Kind nicht vom Gedanken an den schnöden Mammon beschmutzen lassen. Es war wirklich zum Mäusemelken. Doch Dorle Ziller molk keine Mäuse. Wenn sie kreißte, kamen Gebirge heraus.

Über Senftenberg hing ein Mond – der Chefbühnenbildner des Theaters hätte *Frau Luna* nicht besser ausstatten können. Allerdings pflegte der Mond in Werner Kümmeritz' Postkartenphantasie blutrot zu sein. Der wirkliche Mond, der Mond über Senftenberg, brachte es nur zu einem fahlen Gelb, das an fettarmen Käse gemahnte. Er war voll, wie Hagedorn es bei der Abendprobe gewesen war.

Dorle Ziller stand am Fenster ihres Schlafzimmers und kochte vor Wut. Wenn es in ihrer Macht gewesen wäre, sie hätte den armseligen Regisseur auf den Erdtrabanten geschossen, damit sich die Legende vom Männlein im Mond endlich erfüllte. Auf der Probe war Dorle der Kragen geplatzt. Benito Hagedorn, der in der Kantine wegen seiner theatralischen Ausbrüche »der kleine Mussolini« genannt wurde, hatte eine Stunde lang nur Posen und Gänge befohlen, dann hatte Dorle es gewagt, einen klitzekleinen Vorschlag zu machen. Sie war es leid, in einer Operette, die doch beim Publikum für Kurzweil sorgen sollte, auf einem Fleck herumzustehen, ihren Part in den Zuschauerraum hinabzusingen und sich dann ohne erkennbares Motiv auf einen anderen Fleck zu begeben. Sie ertrug nicht länger, in einer Inszenierung aufzutreten, deren einzige Höhepunkte die Abgänge waren. Hagedorn hätte niemals Regisseur werden dürfen, wenn er überhaupt einer war, sondern Statiker. Dorles betont freundliche Einmischung hatte er sich lauthals verbeten. Dorle hatte zurückgebrüllt. Normalerweise vermied sie es, sich von ihren Emotionen zu heftigen Auftritten verleiten zu lassen, aber wenn sie lange genug ihre Unzufriedenheit hinunterge schluckt hatte, explodierte auch sie. Die Probe hatte in einer anhaltenden Schreierei geendet, in einem handfesten Bühnenkrach. Hagedorn, das feige Männlein, war zum Intendanten gerannt. Erst dann, als er fort war, hatten ihr die Kollegen mit der tarifvertraglich gesicherten Grabsteinverpflichtung, zu denen sie ja eigentlich auch gehörte, den Rücken gestärkt. Sie hatte nichts anderes erwartet.

Dorle Ziller sah eine schlaflose Nacht voraus, begab sich aber dennoch ins Bett. Der Intendant würde lavieren zwischen der altgedienten Operettendiva und dem jungen Regisseur, der im Kopf bereits das selige Alter einer Riesenschildkröte erreicht hatte, aus unerfindlichen Gründen jedoch als Profi galt. Das bedauernswerte Publikum würde bei der Premiere über einer leblosen, in den Formen erstarrten Inszenierung einschlafen, die Kritiker aus Cottbus, Potsdam und Dresden würden einen müden Verriß abliefern, und wieder einmal würden Dorles wunderbare Stimme und ihre raumfüllende Präsenz ungewürdigt mit der Einstudierung im Orkus verschwinden. Es war gräßlich. Dorle Ziller hatte dreiundzwanzig Jahre Senftenberg hinter sich. Im Gegensatz zu den Kollegen, die sich abgefunden hatten, wollte sie ihre Stimme nicht mehr in ein Krokodilbecken werfen. Denn sie hatte ihre Stimme gepflegt. Eine Zigarette und ein Glas guten Cognacs während ihres täglichen Bades waren alles, was sie ihr je an Gefährdung zugemutet hatte. Viele Kollegen hatten ihre Stimme versoffen. Dorle Ziller aber war überzeugt, daß sie sogar Opernpartien schaffen konnte. Und sie war noch nicht zu alt für den Wechsel von Ort und Fach.

»Wir haben gesehen, wie im Reich der Tiere neues Leben entsteht und zur Welt gebracht wird. Wer aber die Geburt eines Lebewesens und seine ersten Erdentage mit Freude und Wohlwollen betrachtet, der muß auch den Tod akzeptieren. Auch im Tierreich muß eines Tages die alte Generation einer neuen Platz machen.«

Immer und immer wieder, wenn der Schlaf sie floh, gingen ihr diese Sätze im Kopf herum. Im Grunde genommen waren sie banal. Dorle hätte sie jederzeit unterschreiben können. Natürlich mußten die alten Elefanten die Savanne räumen, damit die niedlichen Kleinen, wenn sie denn herangewachsen und nicht mehr niedlich waren, genug Nahrung fanden. So war nun einmal der Gang der Dinge. So gingen die Dinge auch bei den Menschen. Dorle konnte einen Aktenordner mit Namen von Leuten füllen, die endlich Platz machen sollten. Aber je länger sie nachts über sich, über ihre Tochter und deren andere Umstände und über das vermaledeite Senftenberger Theater grübelte, desto klarer kristallisierte sich eine Frage heraus: *Warum ich?*

Dorle Ziller hatte keinen Platz freizumachen. Jede beliebige andere ja. Sie nicht. Sie hatte ihre Bestimmung noch nicht erreicht. Sie hatte die *Turandot* noch nicht gesungen. Aber selbst wenn sie die *Turandot* singen würde: Auch das war kein Grund, von der Bühne abzutreten.

»Wer aber die Geburt eines Lebewesens und seine ersten Erdentage mit Freude und Wohlwollen betrachtet, der muß auch den Tod akzeptieren. Auch im Tierreich muß eines Tages die alte Generation einer neuen Platz machen.«

In Dorle Zillers Haus war nicht Raum genug für etwas, das sie Oma nennen würde.

»Alle Bücher, die Sie bestellt haben, sind leider nicht da«, sagte die Frau an der Buchausgabe. »Mit der Fernleihe klappt es noch nicht richtig.« Das schien ihr dermaßen peinlich zu sein, daß sie sich bemühte, ihren Kopf zwischen den Schultern verschwinden zu lassen. Dorle Ziller horchte in sich hinein. Unter gewöhnlichen Umständen wäre sie zwar äußerlich ruhig geblieben, hätte sogar gelächelt, aber innerlich Rache geschworen für die Unfähigkeit aller Institutionen. Angesichts der Frau hinter dem Tresen verwandelte sich ihr nur für Sekunden aufflackernder Zorn in Milde. Zumindest darin, das Alter anderer Frauen zu schätzen, war sie Weltklasse. Die Frau war höchstens dreißig. Endlose Jahre zuerst kapitalistischer, dann sozialistischer und nunmehr marktwirtschaftlicher Ausbeutung von Bodenschatz und Mensch hatten ihre Plastik geformt. Etliche Vätergenerationen hatten unter dem Einfluß von Deputatschnaps ihre Töchter vergewaltigt, die junge Frau an der Buchausgabe war die genetische Antwort. Sie war ein Fleischberg, dem man eine Brille aufgesetzt hatte, weil man in Bibliotheken auch von Hilfskräften eine intellektuelle Ausstrahlung erwartete. Dorle Ziller stand womöglich einer Arbeitsbeschaffungsmaßnahme gegenüber. Für sie würde Dorle sofort die *Turandot* singen. Stante pede.

»Wann kommen die Bücher denn?«

»Drei sind schon da«, sagte das Elend.

»Aber Sie sagten doch …«

»Ich habe mich falsch ausgedrückt«, bekannte die junge Frau, die nie jung gewesen war. »Und das Ihnen gegenüber!«

»Kennen Sie mich denn?«

»Ja. Ich habe ein paar Jahre im Extrachor gesungen. Aber ich wurde immer nach ganz hinten gestellt. Sie haben mich bestimmt nie gesehen.«

»Leider nicht«, sagte Dorle.

»Ich habe sogar in ein paar Inszenierungen von Rüdiger Berghoff gesungen«, sagte die Frau. Schwärmerisch, fand Dorle. Vielleicht sogar ein klein wenig verliebt. »Will er immer noch die *Turandot* machen?«

»Nein«, erwiderte Dorle. »Er kann nicht mehr.«

»Er hat ja immer sehr viel getrunken«, meinte die Buchausgeberin.

»Eben drum. Er ist seit zwei Jahren tot.«

Eine Liebe hatte es auch in Dorle Zillers Leben gegeben. Vielleicht sogar zwei. Annekathrins Vater hatte in dieser lachhaften Statistik keinen Platz. Oder, wenn Dorle gerecht sein wollte: Unter *ferner liefen* durfte er getrost rangieren. Dieser Mann gehörte eingestampft wie ein erfolgloses Libretto. Und er war auch eingestampft worden, von einem Herzinfarkt. Annekathrin kannte ihren Vater nicht. Sie gehörte zu jenen Kindern, von denen man sagte, der Esel habe sie im Galopp verloren. Dorle hatte immer erwartet, daß ihr Kind irgendwann einmal einen Schmerz darüber zum Ausdruck bringen würde, vaterlos aufgewachsen zu sein. Annekathrin hatte diesen Umstand klaglos hingenommen, wie sie scheinbar alles hinnahm.

Den Namen hatte ihr Dorle natürlich nicht verschweigen können. Die mißratene Tochter wußte, daß sie einem vermutlich mißratenen Spermium des Doktor Alfred Madel entsprungen war. Alfred Madel, Chefdramaturg des Theaters Neustrelitz. In Neustrelitz hatte Dorle Ziller ihr erstes Engagement gehabt nach dem Studium. Und sie hatte sich ihre Männer immer genau ausgesucht. Madel hatte das Zeug zum Aufsteiger gehabt. Er war auch aufgestiegen. Zum Kultursekretär der SED-Bezirksleitung hatte er es schließlich gebracht. Für Dorles Karriere hatte er jedoch keinen Finger krumm gemacht. Sie hatte sich damals, weil Madel gute Verbindungen nach Berlin hatte, bereits an der Staatsoper oder am *Metropol* gesehen. Alfred, das Schwein, hatte seine Verbindungen nur für sich selbst benutzt. Dorle und die uneheliche Tochter hatte er im Regen stehenlassen. Gezahlt hatte er immerhin. Und kurz nach der Wende war er krepiert. Es gab sie, die höhere Gerechtigkeit. Nemesis.

»Sie lesen aber merkwürdige Sachen«, meinte der Fleischberg und nahm die bestellten Bücher aus dem Regal. »Gerichtsmedizinisches Lehrbuch. Atlas der forensischen Medizin. Der plötzliche Kindstod.«

»Ja, das brauche ich«, sagte Dorle kühl. »Und ich weiß nicht, was Sie haben. Sind doch fast alle Titel da.«

»Dieses englische Buch nicht.« Die Arbeitsbeschaffungsmaßnahme beugte sich über den Kasten mit den Bestellscheinen. »Pratical Homicide Investigation.« Ihr Englisch war schauderhaft. »Wollen Sie einen Krimi schreiben?«

»Sie haben es erkannt.« Dorle Ziller legte den rechten Zeigefinger über ihren Mund. »Aber kein Wort. Zu niemandem.«

»Natürlich nicht.« Die Frau reichte die Bücher über den Tresen. »Wie soll er denn heißen, der Krimi?«

»Last Exit Senftenberg«, sagte Dorle und setzte ihr Operettendivalächeln auf.

Dorle Ziller hatte ihre Männerbekanntschaften auch immer unter pragmatischen Aspekten betrachtet. Der pragmatische Aspekt war für sie kein kategorischer Imperativ, aber wenn sie sich verliebt hatte, war sie nie kopflos geworden wie Annekathrin. Nur bei Rüdiger Berghoff, einem der vielen Onkel, an die sich Annekathrin hatte gewöhnen müssen, nur bei ihm hatte sie beinahe die Balance zwischen Gefühl und Nutzen verloren. Zwölf Jahre lang war Rüdiger der Oberspielleiter des Musiktheaters von Senftenberg gewesen, und für eine Frau war es immer nützlich, sich Männern mit Einfluß an den Hals zu werfen. Ein Oberspielleiter war nicht irgendwer. Er traf gemeinsam mit dem Intendanten die Entscheidungen über die Besetzung. Die Geliebte des Oberspielleiters sang für gewöhnlich alle Titelpartien. Dafür wurde sie gehaßt. Aber an einem Theater wie Senftenberg wurde man sowieso gehaßt und verachtet, wenn man etwas konnte.

Dorle Ziller ging mit den Büchern in den Lesesaal, der die Bezeichnung Saal nicht verdiente. Sie war Steinbock genug, um alles, was sie tat, gründlich zu planen. Dorle schlug im Gerichtsmedizinischen Lehrbuch das Kapitel *Tod durch Einwirkung hoher Temperaturen* auf.

Rüdiger Berghoff war eigentlich ein durch und durch unerträglicher Mann gewesen. Die Buchausgeberin hatte recht: Er hatte von morgens bis abends und von abends bis morgens durchgesoffen. Während gewöhnliche Menschen Mahlzeiten einnahmen, trank er Klaren, und die Tasse Kaffee zur Verdauung war bei ihm ein Liter Bier. Der Alkohol hatte ihn impotent gemacht, aber Dorle war an Sexualität ohnehin nicht übermäßig interessiert. Auf ihre Art hatte Dorle ihn dennoch geliebt. Geliebt hatte sie ihn für seinen Traum. Rüdiger Berghoff hatte Stendal, Bernburg, Annaberg und Nordhausen hinter sich gehabt und überall nur Operette, überall nur Unterhaltung inszeniert. Als Oberspielleiter des Musiktheaters in Senftenberg war er von der Idee und auch von der Hoffnung besessen gewesen, die *Turandot* zu machen. Natürlich wären das Perlen vor die Säue gewesen, aber am Theater sammelte man gern einmal eine Perle und schaute nicht immer nur gebannt auf die Säue. Die *Turandot* sollte Dorle singen. Das wäre ein hartes Stück Arbeit gewesen, aber Dorle arbeitete immer hart, sogar an der *Lustigen Witwe*.

Verbrennen war keine üble Lösung. Feuer brachen immer einmal aus, auch Gasexplosionen kamen vor, schreckliche Unfälle. Ein Feuer würde allerdings auch Dorles Haus zerstören. Sie hing an diesem Haus nicht und würde es ohnehin aufgeben müssen, wenn sie Senftenberg verließ. Allerdings würde sie es dann verkaufen, und Brandruinen hatten einen geringen Verkehrswert. Dorle machte sich Notizen.

Die Idee hatte ihr Annekathrin eingegeben. Nach dem

Bühnenkrach mit Benito Hagedorn hatte Dorle nur einen Cognac trinken und dann ins Bett gehen wollen, obgleich sie bereits ahnte, daß sie nicht würde schlafen können. Zu allem Überfluß hatte ihr auch noch die Tochter eine Szene gemacht. Die Zeitschrift *Praline* war zwar getrocknet, aber sie hatte Wellen geworfen wie seinerzeit der miserable ostdeutsche Asphalt im Hochsommer. Annekathrin jedoch wollte alles glatt. Ein Käseblatt mit gewellten Seiten verletzte ihre Vorstellung von einer planierten Welt. Außerdem war die Rätselseite mit der Horoskopseite zusammengebacken, Annekathrin hatte sie über heißem Wasserdampf voneinander gelöst, sie hatte also etwas tun müssen und litt unsäglich unter der damit verbundenen Anstrengung. Die nächsten vierzehn Tage Arbeitslosenhilfe waren mehr als gerechtfertigt. Eigentlich hätte die Tochter für das Trennen von Rätsel- und Horoskopseite eine lebenslange Abgeordnetendiät bekommen müssen. Was die ohnehin wütende Dorle Ziller über alle Maßen erregt hatte, war der Umstand, daß Annekathrin das Horoskop in der *Praline* abgelehnt hatte. Triumphierend hatte sie der Mutter das *Coupé*-Horoskop vorgehalten: *Denken Sie nicht nur an Ihren Job. Frönen Sie, auf den Schwingen der Liebe, sinnlichen Genüssen. Sie sind phantasievoll und wecken die Sehnsucht anderer.* In der *Praline* hatte, zumindest ungefähr, das Gegenteil gestanden. Annekathrin glaubte an Horoskope. Aber sie glaubte nur an sie, wenn sie eine Aussage trafen, die Annekathrin in ihrem verträumten Herumhängen bestätigte. *Versuchen Sie, Ihr Leben zu ändern*, hatte *Praline* geraten. Das natürlich wollte Annekathrin, die gerade beim Trennen zweier Seiten in Schweiß geraten war, nicht hören.

Das Verbrühen gefiel Dorle mehr als das Verbrennen. Sie las von Männern, die am Gasboiler manipuliert hatten. Als ihre Opfer, Ehefrauen in der Regel, kaltes Wasser in die Wanne laufen lassen wollten, kam kochendes Wasser aus dem Hahn. Die Manipulation aber, behauptete das Buch, war nachweisbar. Ein gerichtsmedizinisches Lehrbuch behandelte allerdings nur die nachgewiesenen Fälle. Dorle notierte.

Sie hatte der Tochter zu erklären versucht, was sie von Horoskopen hielt. Die Sterne waren ihr zu fern und daher nicht greifbar; außerdem waren einige von ihnen, die man mit dem Auge noch wahrnahm, längst erloschen. Mit der Nase hatte Dorle ihre Tochter darauf gestoßen, daß sich mit einem bestimmten Sternbild auch immer ein Geburtsdatum verband. Und das konnte sich Dorle Ziller durchaus vorstellen: Daß die Zeit, in der ein Mensch gezeugt, ausgetragen und entbunden wurde, seinen Charakter bestimmte. Ein Steinbock beispielsweise hatte im Mutterleib den Sommer miterlebt. Ein Krebs nicht.

Annekathrin hatte überhaupt nicht zugehört. Sie wollte eine glatte *Praline* und keine Erklärungen. Über die Theorie der Mutter hätte sie ja nachdenken müssen. Nachdenken war viel zu anstrengend. Statt ihrer hatte Dorle nachgedacht. Sie hatte ihrer Tochter versprochen, den Beweis dafür zu liefern, daß das Schicksal nicht von den Sternen, sondern vom Geburtsdatum bestimmt wurde. Deswegen saß sie in der Bibliothek. Offiziell suchte sie nach den naturwissenschaftlichen Grundlagen für die Wahrhaftigkeit der Sternzeichen. Was sie inoffiziell trieb, wußte nur der Buchausgabekloß. Es war zu überlegen, ob er dieses Wissen überleben durfte.

Die üblichen Methoden schieden aus. Ein Fön im Badewasser wirkte zwar todsicher, aber Föne fielen zu selten von allein in die Wanne, also würde ein solcher Tod Mißtrauen erwecken. Trotzdem studierte Dorle das Kapitel *Tod durch Einwirken von Elektrizität*. Wissen war auch dann wertvoll, wenn man es in absehbarer Zeit nicht anwenden wollte oder konnte. Vorläufig und bis zu besserer Einsicht favorisierte Dorle Ziller das Verbrühen. Richtige Krebse, die Tiere also, wurden auch lebendigen Leibes gekocht.

Die drei Seiten über Tragzeitgutachten las Dorle quer. Es amüsierte sie, daß die Gerichtsmediziner jede Frau betrachteten wie eine Elefantenkuh. Elefanten, die den Tod kommen spürten, gingen meilenweit zum Sterbeort. Sie wollten diskret und fern von der Herde ihr Leben aushauchen. Dennoch wurden sie betrauert. In Zoologischen Gärten verweigerte mitunter sogar der Partner des Davongegangenen so lange die Nahrung, bis er selbst starb. Das war Liebe. Nicht einmal vom Tod ließen sich Elefanten scheiden.

Die Reportage *Geburt und Sterben im Tierreich* hatte in Dorle eine tiefe Sympathie für die feinfühligen Dickhäuter geweckt. Tiere mochte sie ohnehin, und in Krisenzeiten hatte sie sich immer einen Kater anstelle ihrer Tochter gewünscht. Einen Kater, einen Panda oder ein Känguruh.

Dorle verbiß sich ein Lachen, die anderen Lesehungrigen sollten sie schließlich nicht für verrückt halten. Mit einem Känguruh konnte man zweifellos prima einkaufen gehen, während eine Visite im Supermarkt mit Annekathrin im Schlepptau unerträglich war. Die Tochter packte den Einkaufswagen voll und maulte dann an der Kasse, weil das Geld nicht reichte. Bisher hatte Dorle immer aus eigener Tasche zugeschossen. Das würde sie bis zum Aufgehen ihres Plans weiterhin tun. Aber dann, dann würde sie sich einen schönen Urlaub gönnen. Einen Urlaub in Australien, einen Urlaub bei den Känguruhs und den Koalas. Koalas waren, wie Rüdiger Berghoff, von morgens bis abends und von abends bis morgens beständig im Rausch.

Es wurde applaudiert, und Dorle Ziller machte sich krumm. Bei Premieren war der Teil der Senftenberger, der sich für kunstsinnig hielt, immer aufgeschlossen. Man beklatschte nicht die Inszenierung, sondern die Premierenatmosphäre. Und vor allem beklatschte man sich selbst.

Dietrich Petermann, der Kritiker von der *Lausitzer Rundschau*, sprach Dorle nach der Vorstellung an. »Ich bedaure Sie«, sagte er. »Wie kann man eine Frau mit Ihrer Stimme bloß in einer so katastrophalen Inszenierung verbraten!«

Das tat Dorle unendlich wohl. Nachdem sie sich abgeschminkt und umgekleidet hatte, verließ sie das Theater und fuhr nach Hause. Sie hatte kein Interesse an der Premierenfeier, wollte nicht sehen, wie ihre alkoholisierten Kollegen dem unfähigen Hagedorn auf die Schulter klopften und das Wir-sind-doch-eine-Familie-Spiel mit ihm spielten. Es zog Dorle zu ihrem Karteikasten und ihren Planungen.

»Du warst heute wieder den ganzen Tag außer Haus«, maulte Annekathrin von der Couch. Keine Frage nach dem Gelingen der Premiere, keinen Glückwunsch. Die in Faulheit und Resignation verbrachten Jahre hatten sie auch vergessen lassen, was sich gehörte.

»Ich hatte mich auf meinen Premierenauftritt vorzubereiten«, entgegnete Dorle ruhig. »Außerdem war ich in der Bibliothek.«

»Ja, da rennst du dauernd hin. Du mußt doch nun alle Bücher über Astrologie auswendig kennen.«

»Oh, keineswegs«, sagte Dorle. »Es gibt sehr viele. Und weil ich Blut geleckt habe, will ich mich auch noch der exakten Wissenschaft widmen. Der Astronomie.«

»Und hast du Beweise für deine These gefunden, daß nicht die Sterne unser Leben bestimmen, sondern der Zeitpunkt der Zeugung, die Tragzeit und die Geburt? Die Biorhythmik, oder wie das heißt?«

»Wenn ich meine Studien abgeschlossen habe«, sagte Dorle. »Wenn ich meine Studien abgeschlossen habe, erfährst du das Resultat.«

Dorle Ziller warf einen Blick auf den Bauch ihrer Tochter. Noch sah man nichts. Dorle blieben fast sechs Monate.

Ein fingierter Selbstmord schied aus sachlichen Gründen aus. Dorle begab sich in ihr Schlafzimmer und nahm den Karteikasten aus dem Versteck im Kleiderschrank. Auf jede der Karten hatte sie die Art und Weise notiert,

wie Menschen andere Menschen, vor allem ihre Angehörigen, um die Ecke gebracht hatten. Das Buch *Practical
Homicide Investigation* war nun auch in der Bibliothek
eingetroffen. Dorle Ziller konnte es nur unter Zuhilfenah-
me eines Wörterbuches studieren, aber es erwies sich als
eine Fundgrube für Mord und Totschlag. Dorle Ziller
lachte in sich hinein. Einen Roman mit dem Titel *Last
Exit Senftenberg* würde sie nicht schreiben. Sie würde ihn
leben.

Sogar auf dem Liegenschaftsamt war sie gewesen und
hatte sich die Baupläne ihres Hauses kopieren lassen. Das
Haus war zu einer Zeit errichtet worden, da man es mit
den Normen nicht so genau genommen hatte; ein Defekt
an den Elektroleitungen mit verheerenden Folgen war also
im Bereich des Möglichen. Auf jeden Fall mußte es nach
einem Unfall aussehen, nach einem Schlag, für den man
höchstens das Schicksal verantwortlich machen konnte.
Natürlich suchten die Leute auch dann nach Schuldigen,
weil sie das Gefühl nicht ertrugen, ihr Leben könnte dem
Zufall unterliegen. Man konnte ihnen den Bauherrn zum
Fraß vorwerfen. Der Bauherr war lange tot.

An ihrem Lieblingsplatz vor dem Fenster grübelte Dorle Ziller lange nach. Der Himmel war klar, sie konnte die
Sterne sehen und den Großen Wagen erkennen. Verbrühen, dachte sie. Verbrühen oder elektrischer Schlag. Ein
furchtbarer Unfall. Tränen und Trauer. Kein Schuldiger.

Allerdings wollte es Dorle Ziller gar nicht bis zum Äu-
ßersten kommen lassen. Sie wollte es halten wie die Diplo-
maten in Krisenregionen. Dort wurde bis zur letzten Se-

173

kunde verhandelt – bis der erste Schuß fiel. Auch Dorle hatte ihrer Tochter ein Angebot zu unterbreiten.

»Wir haben gesehen, wie im Reich der Tiere neues Leben entsteht und zur Welt gebracht wird«, fiel ihr ein. »Wer aber die Geburt eines Lebewesens und seine ersten Erdentage mit Freude und Wohlwollen betrachtet, der muß auch den Tod akzeptieren. Auch im Tierreich muß eines Tages die alte Generation einer neuen Platz machen.«

Über die Frage: *Warum ich?* war sie mittlerweile hinaus. Sie fragte nicht mehr, sie hatte eine Antwort.

Ich nicht. Niemals.

Annekathrin hatte sich bewegt. Sie war zwei Stunden lang in der Stadt gewesen und kehrte mit Einkaufstaschen zurück. Dorle Ziller hatte einen freien Tag. In der *Lustigen Witwe* stand sie erst morgen wieder auf der Bühne, die Proben zu den *Lustigen Weibern* begannen in der kommenden Woche. Lustig, lustig, trallalalala, dachte Dorle mit einem Fünkchen Bitterkeit. Sie hatte die wundersame Abwesenheit der Tochter genutzt und drei Bewerbungsschreiben verfaßt. Ohne sich um Vakanzen zu scheren, wollte sie es in Cottbus, Dresden und Berlin versuchen. Als Opernsängerin. Gewiß hatte man von ihr gehört. Sie war zweifellos nicht mehr die Jüngste, hatte aber eine voluminöse Stimme zu bieten, die über mehrere Oktaven trug. Die jungen Dinger von der Hochschule konnten ihr kaum das Wasser reichen, und Bühnenerfahrung hatten sie auch nicht.

Annekathrin breitete ihre Einkäufe aus. Sie hatte Babykleidung erworben: Strampler, Hemdchen, Höschen, Schuhchen. Viel zu früh, fand Dorle. Und da die Tochter nicht wußte und nicht wissen wollte, ob sie einen Jungen oder ein Mädchen austrug, hatte sie alles zwiefach gekauft, einmal in Rosa, einmal in Blau.

Zuerst glaubte Dorle sich zu täuschen. Nachdem sie die Tochter ausgiebig gemustert hatte, wußte sie, daß keine Täuschung vorlag. Es war tatsächlich etwas wie Vorfreude und Erwartung in der Miene der Tochter zu erkennen. Dorle hielt es für angeraten, jetzt ihr Angebot zu unterbreiten. Annekathrin würde es als solches nicht erkennen, ihr mußte es als Forderung, sogar als brutale Forderung erscheinen. Sie konnte ja nicht wissen, daß ihre Mutter alles daran setzte, ein Leben zu retten.

»Ich möchte«, sagte Dorle, »daß du dir eine Wohnung suchst.«

»Wie?«

»Wenn das Kind da ist, solltest du ausziehen.«

»Das ist nicht dein Ernst.« Annekathrin ließ sich auf die Couch plumpsen. Sie blieb aber aufrecht sitzen, denn aus der Pflegefallposition konnte sie sich schlecht zur Wehr setzen.

»Und ob das mein Ernst ist.« Dorle ging zur Vitrine, sie brauchte einen kleinen Cognac. Ihre Tochter ließ sie nicht aus den Augen. Das ewige Mädchen war bleich geworden. Sie hatte natürlich eine wahnsinnige Angst davor, auf eigenen Füßen stehen zu müssen, noch dazu mit einem Kind.

»Freust du dich denn nicht darüber, Großmutter zu werden?« fragte Annekathrin leise.

»Darum geht es nicht. Ich will kein Kind im Haus, das mich um den Schlaf bringt. Du weißt, wie aufreibend mein Beruf ist. Und ich weiß, was es bedeutet, mit einem Kleinkind unter einem Dach zu leben. Ich habe das hinter mir. Damals allerdings war ich bedeutend jünger.«

»Aber ich habe doch nicht genug Geld für das Kind und für mich«, sagte Annekathrin.

»Ich habe dir gesagt, daß du dich um Unterhalt vom Vater bemühen sollst. Dachtest du, du könntest einfach auf der Couch abwarten, und die Dinge regeln sich von selbst? Du wirst deinen Hintern in Bewegung setzen müssen. Geh aufs Jugendamt. Und denk dran: Sollte ich fortgehen und das Haus verkaufen, sitzt du ohnehin auf der Straße.«

»Du bist grausam, Mama.«

»Ich spreche nur eine klare Sprache und nenne die Dinge beim Namen.«

»Ich werde sicher keine Wohnung finden«, wandte Annekathrin ein.

»Nicht, wenn du nicht suchst. Aber du weißt doch: Wer suchet, der wird finden. Steht nicht in deinem Horoskop, daß du dein Leben ändern sollst?«

»Das war vor ein paar Wochen«, meinte Annekathrin.

»Es wird wieder in deinem Horoskop stehen«, behauptete Dorle. »So etwas steht immer mal drin. Und bei jedem Sternzeichen.« Dorle kippte den Cognac. Er wärmte ihren Magen, nicht ihr Herz. Das konnte sie auch nicht gebrauchen: Gefühle verdarben leicht den schönsten Plan.

Annekathrin sprang auf. Sie kam aus der Reserve, ein neues Wunder.

»Du wirst das Haus nicht verkaufen«, rief die Tochter. Sie hatte nicht nur die Stimme, sondern sogar die Fäuste erhoben. Auf der Bühne würde diese Pose lächerlich wirken, und nur der dumme Benito hätte seine Freude an ihr. Ihm konnte keine Pose lächerlich genug sein. Leider inszenierte er auch die *Lustigen Weiber*.

»Und du wirst nie weggehen von Senftenberg«, rief die Tochter. »Dich nimmt doch keiner mehr. Nach dreiundzwanzig Jahren Senftenberg ist es aus.«

Das hätte Annekathrin nicht sagen dürfen. Dorle Ziller schüttelte traurig den Kopf. Das nicht.

Die *Lustigen Weiber* waren mit Pauken und Trompeten durchgefallen. Die Spielzeit näherte sich dem Ende, der kleine Mussolini werkelte an der letzten Premiere der Saison. Diesmal vergriff er sich gleich an der halben Operettenliteratur, denn die Spielzeit sollte mit einem Operettenpotpourri ausklingen. Angeblich liebte es das Publikum, en suite eine geballte Ladung all jener Ohrwürmer abzubekommen, die es schon hundertmal gehört hatte. Dorle Ziller war auch mit ein paar Couplets dabei.

Cottbus und Dresden hatten mit dem Hinweis auf fehlende Vakanzen abgesagt, Berlin hatte sich überhaupt nicht gemeldet. Dorle Ziller war auf ihr vierundzwanzigstes Jahr Senftenberg eingestimmt. Sie trug es mit Fassung und ohne die Hoffnung aufzugeben. Doktor Griese, der Intendant, würde nach Ablauf der Spielzeit in Pension gehen. Vielleicht brachte sein Nachfolger frischen Wind ins Theater, einen frischen Wind, der auch Hagedorn wegblies.

Mit den Intendanten war es wie mit den Regierungen, sie kamen und gingen. Dorle Ziller war trotz ihres permanenten Veränderungswillens standfest geblieben. Rüdiger Berghoff jedoch hatte seinerzeit sehr unter den Wechseln auf dem Chefgestühl gelitten. Kaum war es ihm gelungen, nach manchmal monate-, manchmal jahrelanger Kleinarbeit den Intendanten von seiner *Turandot* zu überzeugen, war der Chef gegangen, und sein Nachfolger hatte das Vorhaben mit einem Federstrich beseitigt. Doch Rüdiger war hartnäckig geblieben. Wenn der Nachfolger schon nicht mehr als Nachfolger von irgendwem angesehen wurde, hatte er ihn für die *Turandot* einnehmen können. Für Intendanten jedoch war Senftenberg vor allem ein Sprungbrett. Und Rüdiger Berghoff war nicht nur dem Alkohol erlegen. Er war daran zugrunde gegangen, daß er immer kurz davor gestanden hatte, seinen Traum zu verwirklichen, es ihm aber nie gelungen war. Das würde Dorle Ziller nicht passieren.

Sie hatte Rüdigers Konzept für die *Turandot* in- und auswendig gekannt und auch manchen Einfall hinzugetan. Die Inszenierung wäre ein großes Ereignis für Senftenberg geworden. Und nicht nur für Senftenberg; vielleicht wären sogar die Opernenthusiasten von Cottbus, Dresden, Potsdam und Berlin angereist. Dorle Ziller wischte sich eine Träne aus den Augen. Dann legte sie die Blumen auf Berghoffs Grab.

Dorle Ziller gab nicht auf. Das konnte sie nicht, und so hatte die Post neue Bewerbungsschreiben befördern müssen: nach Karlsruhe, nach Stuttgart und nach Köln.

Bisher hatte sich Dorle immer auf die ostdeutschen Theater beschränkt, wofür es aber keinen Grund gab. Eine herausragende Stimme konnte sich auch im Westen durchsetzen. Sie redeten dort doch immer gern von Leistung. Wenn es wirklich nur auf Leistung ankam, mußte jedes Vorsingen Intendanz und Oberspielleitung überzeugen. Allerdings mußte man Dorle die Chance zum Vorsingen geben. Dorle Ziller wußte genau, warum man ihre Bewerbungen in den Chefetagen aller Häuser mit Skepsis betrachtete. Man hielt sie für zu alt. Der Beweis dafür, daß sie alt war, strampelte in Annekathrins Bauch. Sie sollte Großmutter werden. Das würde sie nicht.

Dorle Ziller hatte sich einen zweiten Karteikasten anschaffen müssen. Sie ging nur noch selten in die Bibliothek, denn sie wußte alles über Leichenstarre, die enzymatischen Reaktionen in einem toten Körper, über Autolyse und Hämolyse. Schöne Fremdwörter hatten die Mediziner erfunden für Fäulnis und Gestank. Am Grab von Rüdiger Berghoff empfand sich Dorle immer wie eine Überlebende. Eine Überlebende zu sein, schuf Verpflichtungen. Die höchste Verpflichtung einer Überlebenden hieß Unsterblichkeit.

Dorle verließ den Friedhof und ging zu ihrem Wagen. Der hatte eine gründliche Wäsche nötig, doch Dorle hatte keine Zeit. Annekathrin lebte noch immer in ihrem Haus. Die Tochter hatte nicht die geringste Anstrengung unternommen, eine Wohnung zu finden, und klammerte sich an die absurde Hoffnung, die Mutter umstimmen zu können, wenn das Kind erst einmal auf der Welt war. Auch um den Unterhalt hatte sie sich nicht gekümmert. Und wie Dorle vorausgesehen hatte, war der Mann, der ihr das Kind angedreht hatte, aus Senftenberg verschwunden. Dorle hatte nämlich selbst ihre Fühler ausgestreckt. Es war an der Zeit, den Schlußstrich zu ziehen.

Eigentlich brauchte Dorle auch ihre Karteikästen nicht mehr. Sie hatte Dutzende von Varianten im Kopf. Trotzdem wußte sie immer noch nicht, wie sie es anstellen würde.

Die Wehen hatten zu früh eingesetzt. Dorle Ziller war nicht im geringsten überrascht. Ein Krebs wie ihre Tochter war nicht einmal zu einer planmäßigen Entbindung fähig. Annekathrin lag im Krankenhaus, das Kind im Inkubator. Es war ein Junge. Dorle Ziller wollte kein Kind in ihrem Haus, und einen Jungen gleich gar nicht. Jungen waren Schreihälse.

Annekathrin würde zwei Geschenke bekommen, wenn sie mit dem Ding nach Hause kam, das irgendwann Oma zu Dorle sagen würde, falls sie es nicht verhinderte. Dorle Ziller war nach Berlin gefahren zu Lucie Nachtigall, einer Wahrsagerin, und hatte dort ein Horoskop gekauft. Natürlich hatte sie auf den Inhalt des Horoskops Einfluß genommen. Es würde die geschwächte Tochter zutiefst erschüttern. Das Horoskop sagte einen Tod voraus. Vage, wie es sich gehörte. Der Tod der Mutter konnte gemeint sein. Oder ein anderer. Dieser Tod war das zweite Geschenk.

Aber wie? dachte Dorle Ziller und betrachtete versonnen die Babybadewanne. *Wie nur?* Es gab Dutzende Varianten. Das Kind schrie. Verbrühen. Gas. Strom. Sie hatte sich gründlich vorbereitet. Zu gründlich vielleicht. Die Vielfalt der Möglichkeiten verwirrte sie.

Das Kind schrie. Es hieß Benjamin. Dorle mochte den Namen nicht denken. Das Kind hieß nicht. Es hatte einen roten Kopf, eine Glatze und verschrumpelte Haut. Es sah wie ein Greis aus. Es war potthäßlich. Dorle liebte es. Aber dagegen waren durchaus Kräuter gewachsen.

Karlsruhe und Stuttgart hatten abgesagt, Köln nagte noch an einer Entscheidung. Verschlucken, dachte Dorle. Verschlucken und ersticken. Annekathrin hatte dem Kind Spielzeug gekauft, das völlig ungeeignet war. An solchem Spielzeug starb ein Kind. In den besten Familien, dachte Dorle. Und in den schlechtesten auch.

Benjamin schrie. Das ging nun schon seit Tagen so. Annekathrin lag vollkommen überfordert auf der Couch, träumte von Familienharmonie mit nettem Mann und pflegeleichtem Kind und ließ ihren Sohn links liegen. Es war ja eine Oma da.

Es gab keine Oma in diesem Haus. Dieses Haus beherbergte die Sängerin Dorle Ziller, die trotz ihres Alters noch eine Zukunft hatte. Man würde von ihr hören. So oder so. Und sich eine Liebe aus dem Herzen zu reißen war für Dorle Ziller ein Kinderspiel.

Dreiundzwanzig Jahre Senftenberg. Zum zweitenmal in dieser Zeit gab es in Dorles Haus ein Kinderzimmer. Das erste Kind hatte sie aufzuziehen versucht. Es war mißlungen. Vermutlich war sie keine gute Mutter. Aber sie war eine hervorragende Sängerin.

Dorle knipste das Licht an. Das Kind brüllte. Es hatte eine raumfüllende Stimme. Als sich Dorle über die Wiege beugte, die von ihrem Geld angeschafft worden war, verstummte das Geschrei. Dorle betrachtete nicht Benjamin. Das Kind hatte keinen Namen. Es war ein Ding. Es war ein Ding, das kein Recht hatte, ihren Platz zu beanspruchen.

Das Ding lächelte. Es lächelte, weil es etwas erwartete. Es erwartete Liebe. Dorle Ziller konnte die Erwartung nicht erfüllen. Sie legte ein Kissen auf das Lächeln.

»Herzliches Beileid!« sagte der Pfarrer. Die Beisetzung hatte Dorle managen müssen. Annekathrin wäre dazu ohnehin nicht fähig gewesen, aber ihre derzeitige Lage verbot es, sie auch nur um Hilfe zu bitten. Die Tochter lebte jetzt in der Psychiatrie von Cottbus. Für lange Zeit, hatte der Professor versichert. Auch die Tochter stand Dorle nicht mehr im Weg.

»Herzliches Beileid!« sagte Benito Hagedorn. Er hatte eine Fahne, aber nicht das Format von Rüdiger Berghoff. Dorle preßte sich ein paar Tränen ab.

Obwohl sie Atheistin war, hatte sich Dorle Ziller für ein christliches Leichenbegängnis entschieden; die waren nun einmal feierlicher und griffen mehr ans Herz. Sogar ein Hagedorn ließ sich beeindrucken. Das arme Kind, das hier betrauert wurde, hatte sehr früh seine Bestimmung erfüllt und trieb nun eifrig Autolyse und Hämolyse. Es war erstickt. Die Kriminalpolizei hatte festgestellt, daß es von einer psychisch kranken Mutter vernachlässigt worden war; so hatte es Dorle zu Protokoll gegeben. Offenbar war ein Unglück geschehen. Das verzweifelte Kind hatte in seiner Wiege rumort und nach der Mutterbrust verlangt, während Dorle unter dem Einfluß eines starken Mittels geschlafen hatte, andernfalls hätte sie natürlich eingegriffen. Irgendwie war das Kind bei seiner Rangelei mit dem Kopf unter das Kissen geraten.

»Es tut mir sehr leid«, hatte der Kriminalbeamte zu Dorle gesagt. Zu Annekathrin hatte er es nicht sagen können, sie hatte sich vollends aus der Realität verabschiedet.

»Mir wäre es lieber, wenn ein Verbrechen vorliegen würde«, hatte Dorle erwidert. »Dann hätte man einen Schuldigen.«

»Das kann ich gut verstehen«, hatte der Kriminalbeamte behauptet. »Aber es war ein Unfall. Tut mir wirklich leid, Frau Ziller. Sie haben sich bestimmt darauf gefreut, Oma zu sein.«

Trotz allem war Dorle Ziller enttäuscht. Monatelang hatte sie geplant. Sie hatte alle denkbaren Varianten immer und immer wieder durchgespielt. Und dann war es so einfach gewesen. So einfach und so ungeplant. Das wurmte sie. Sie konnte jetzt nicht innehalten. Sie brauchte ein weiteres Opfer, an dem sie endlich ihre Kunst ausprobieren konnte.

Auch Köln hatte abgesagt. Das machte Dorle Ziller nicht zu schaffen. Der neue Intendant in Senftenberg hieß Armin Kallweit und hatte Illusionen. Er glaubte, mit Dorle zu schlafen, dabei schlief sie mit ihm. Kallweit fand ihr Haus gemütlich. Das sollte er auch. Dorle verwöhnte ihn mit Kerzenschein, Rotwein und ihren immer noch festen Brüsten. Damit hatte sie schon viel erreicht.

Benito Hagedorn stand auf der Abschußliste. Als Knaller nach der Jahrtausendwende war die *Turandot* in den Spielplan aufgenommen worden. Dorle Ziller würde nicht nur die Titelpartie singen, sie würde auch Regie führen. Zum erstenmal in ihrem Leben. Natürlich würde sie die *Turandot* inszenieren, wie Rüdiger Berghoff es vorgehabt hatte. Das war sie ihm und sich schuldig.

Nächtelang hockte sie über der Partitur und Rüdigers Aufzeichnungen. Sie waren zweifellos genial, aber schwer zu entziffern, schwerer noch als *Practical Homicide Investigation*. Rüdiger hatte sein Konzept zur Umsetzung der *Turandot* im Suff niedergeschrieben. Das beunruhigte Dorle nicht, sie hatte schließlich ein ausgeprägtes Erinnerungsvermögen. Was sie quälte, war die anhaltende Schlaflosigkeit. Dabei hatte sie allen Grund, zehn Stunden tief und zufrieden zu schlafen wie ein satter Säugling. Die Dicke aus der Bibliothek hatte sie zu einer vertraulichen Lesung aus dem Roman eingeladen und in einem brachliegenden Tagebau verschwinden lassen. Das hatte ihr eine große Genugtuung bereitet. Dennoch blieb sie unzufrieden. Es gab noch so viele Varianten, die sie ausprobieren mußte. Sie würde nie zu einem Ende kommen. Dorle Ziller hielt das Heft des Handelns gern in eigenen Händen. Aber wenn sie handelte, schloß sie mit der einen Tat Hunderte andere mögliche Handlungen aus. Und das war unerträglich.

Dorle legte die Partitur und Rüdigers Notizen beiseite und widmete sich ihren neun Karteikästen. Sie würde besser planen, sich noch gründlicher vorbereiten. Auf die *Turandot* sowieso. Dorle Ziller war allerdings am Theater nur noch mäßig interessiert. Auf der Bühne war nach zwei Stunden Schluß. Die wirklich großen Opern voll Blut und Kot und Kakophonie wurden im Leben aufgeführt. In diesen Opern sang Dorle nicht nur neben der Titelpartie auch alle anderen Stimmen, sie inszenierte sie auch. Und ihre Konzepte wurden immer besser.

Dorle Ziller warf einen raschen Blick aus dem Schlafzimmerfenster und zum Himmel hinauf, wo ein Stern nach dem anderen vor Langeweile erlosch. Die gewöhnlichen Sterblichen bemerkten es nicht. Dorle wußte es. Ihr Leben wurde von Nacht zu Nacht aufregender. Es durfte nicht erlöschen. Dorle hatte noch Arbeit für Jahrhunderte. Vielleicht schlief sie deshalb nicht mehr.

Es war der zweite Samstag des Monats November. Im *Knappenkrug* würde sich der Club mit dem sperrigen Namen SECAFM treffen. Und der *Knappenkrug* war ein schicksalhafter Ort. Manchmal bekam Dorle einen Brief von Annekathrin.

»Liebe Mama! Benjamin ist jetzt vier Jahre alt. Ich bringe ihm das Schreiben bei, und Doktor Francke findet das sehr vernünftig. Abends erzähle ich Benjamin von seiner Großmutter. Er möchte dich unbedingt kennenlernen, Mama. Und er will Opernsänger werden. Er will die *Tu-*

randot singen. So wie du, Mama. Entschuldige bitte, Mama, er ist noch zu jung, er kann nicht verstehen, daß die *Turandot* eine Frauenpartie ist.«

Dorle Ziller lachte schallend über dieses wahnsinnige Geschreibsel. Die *Turandot* war die geringste der Frauenpartien. Dorle hatte ganz anderes zu singen. Sie sang das Schicksal. Es war albern zu glauben, daß das Schicksal von den Sternen bestimmt wurde oder vom Geburtsdatum. Das Schicksal war eine Frau. Dorle Ziller.

Und man konnte ihm nicht absagen.

Die Autorinnen und Autoren

Nach seinem Horoskop hätte **Gunter Gerlach** *(»Kille«)* eigentlich Maurer oder Forscher werden sollen. Da er dank seines Sternzeichens Steinbock ein unternehmungslustiger und willensstarker Typ ist, gibt er jedoch der Schriftstellerei den Zuschlag, allerdings erst nach einem Kunststudium und langer Zeit als Lohnschreiber. Der am 27. Dezember 1941 in Leipzig geborene Autor veröffentlicht ›Der Hammer von Wandsbek‹, ›Katzenhaar und Blütenstaub‹, ›Neurodermitis‹ und ›Falsche Flensburger‹ und erhält unter anderem den Deutschen Krimipreis für ›Kortison‹. Der Hamburger, Schöpfer des weltweit einzigen multiallergischen Ermittlers, gibt vor, von Astrologie nicht die geringste Ahnung zu haben.

Astrologie ist für **Almuth Heuner** *(»Innenrevision«)* eine Inspiration, die Dinge aus einem anderen Blickwinkel zu betrachten. Die Fischefrau kommt am 9. März 1962 um kurz nach Mitternacht mit Aszendent Skorpion zur Welt. Nach dem Abitur studiert Heuner zunächst Übersetzen und arbeitet als Schlußredakteurin bei einer wöchentlich erscheinenden pharmazeutischen Fachzeitung. Das liefert ihr offensichtlich Stoff genug, um neben zahlreichen Krimiübersetzungen selbst mit dem Krimischreiben zu beginnen. Zusammen mit Andrea C. Busch gibt sie die Anthologie ›Bei Ankunft Mord‹ heraus.

wIn den frühen Morgenstunden und im Zeichen der Stärke kommt **Robert Brack** (*»Wir waren Cops«*) am 4. Mai 1959 zur Welt. Sofort beginnt der Stier damit, seine gefährlichste Waffe, die Hörner, im Kampf gegen das weltliche Unrecht einzusetzen. Dabei reagiert er besonders empfindlich auf Anspielungen bezüglich seiner hinteren Halspartie. Entsprechende Reaktionen werden durch den Löwen im Aszendenten noch verstärkt. Brack kämpft jedoch auch an anderen Fronten: Er veröffentlicht zahlreiche Erzählungen, Krimiübersetzungen und neun Kriminalromane, darunter die Polnische Krimi-Trilogie ›Das Gangsterbüro‹, ›Nachtkommando‹ und ›Das Mädchen mit der Taschenlampe‹. Zwei Marlowes und der deutsche Krimipreis zeugen von seiner Energie. Brack hält die Astrologie für ein nettes Gesellschaftsspiel, das in die modrige Kiste der Gegenaufklärung gehört.

Die beiden New Yorker Professorinnen **Amanda Cross** (*»Der Steinbock im Garten«*) und Kate Fansler beginnen 1964 eine zweite Existenz als Krimiautorin und Privatdetektivin, um von Big Apple aus die internationale Krimiwelt in Aufregung zu versetzen. Zu ihren Mitteln gehören damals wie heute Kurzgeschichten und über zehn Kriminalromane, darunter ›Süßer Tod‹, ›Spionin in eigener Sache‹, ›In besten Kreisen‹, ›Verschwörung der Frauen‹ und ›Das zitternde Herz‹. Amanda Cross, die selbst Steinbock ist und nach eigenen Angaben keinen blassen Schimmer von den dazugehörigen Implikationen hat, unterrichtete lange Zeit Moderne Englische Literatur an der Columbia University und lebt heute mit Blick auf eine zentrale Grünanlage New Yorks.

Das Jahr 1954 ist gerade einmal fünf Stunden alt, als **Edith Kneifl** in Wien zur Welt kommt. Später studiert sie Psychologie und Ethnologie und promoviert. Nach längeren Aufenthalten in den USA und Griechenland zieht es den österreichischen Steinbock mit Aszendent Schütze zurück in die Heimat. Dort schreibt sie unter anderem ›In der Stille des Tages‹, ›Triestiner Morgen‹, ›Ende der Vorstellung‹ und ›Allein in der Nacht‹ und wird mit dem Theodor-Körner-Preis und dem Glauser ausgezeichnet. Bei den Astrokrimis entscheidet sich die Astroskeptikerin mit »*Pizza Capricorno*« für die verwunschene Kulisse der österreichischen Berg- und Talwelt. Und welches Zeichen könnte sich dort wohler fühlen als der Steinbock?

Einen Tag vor Totensonntag, am 24. November 1961, wird **Frank Goyke** (»*Geburt und Sterben im Tierreich*«) in Rostock geboren. Der Schütze, der »von Astrologie soviel versteht wie Karl May von Indianern«, schreibt sieben Dietrich-Kölling-Krimis, einige Romane und ein Buch über die Horst-Schimanski-Tatorte mit Götz George. 1996 erhält er den Marlowe-Krimipreis der Raymond-Chandler-Gesellschaft. Der Grund für seine Wahl des Steinbock-Motivs: 1995 war es ein Steinbock, der seine gesamte Bibliothek gestohlen und inklusive Bücherregale an ein Antiquariat verhökert hat. Frank Goyke lebt und arbeitet in Berlin.

Die Herausgeberinnen

Ursprünglich als Jungfrau geplant, zieht **Thea Dorn** intuitiv ein doppeltes Feuerzeichen vor und kommt – vier Wochen zu früh – am 23. Juli 1970 in Offenbach zur Welt. Die Löwefrau mit Aszendent Schütze geht nach dem Abitur ins antarktische Südgeorgien, um dort das Verhalten der Kaiserpinguine zu erforschen. Später arbeitet sie als Dozentin für Philosophie an der Freien Universität Berlin und hält Seminare zu Fragen der modernen Ethik und Ästhetik. Sie veröffentlicht die Kriminalromane ›Berliner Aufklärung‹, ›Ringkampf‹ und ›Die Hirnkönigin‹ und erhält den Raymond-Chandler-Preis. Ihr Theaterstück ›Marleni‹ wird im Januar 2000 in Hamburg uraufgeführt. Nach einem für Feuerzeichen typischen anfänglichen Skeptizismus nähert sich Dorn durch die intensive Arbeit an den *Astrokrimis* der Weisheit der Sterne. »Seit ich weiß, daß fast kein Krimiautor Fische ist, schaue ich bei manchen Menschen genauer hin.«

Als die Sonne am 13. August 1966 über dem Rhein am höchsten steht, erblickt **Uta Glaubitz** in Bad Godesberg das Licht der Welt. Als nicht ganz umgängliche Mischung aus Löwe mit Aszendent Skorpion wächst sie in Köln auf und beginnt, sich für den FC, Kölsch und Karneval zu interessieren. Glaubitz studiert Philosophie, Anglistik und Chaostheorie und unterstützt heute als Berufsfindungsberaterin andere darin, ihren Traumjob zu finden. Sie gibt Seminare, veranstaltet Konferenzen und veröffentlicht unter anderem den Bestseller ›Der Job, der zu mir paßt‹. Ihr Verhältnis zur Astrologie konzentriert sich vor allem auf die Beschäftigung mit schwierigen Konstellationen. Glaubitz ist der festen Überzeugung, daß man nur lange genug in der Kneipe sitzen muß, um auch die letzten Geheimnisse der Astrologie aufzuklären.

Als Waage mit Aszendent Krebs wird **Lisa Kuppler** am 7. Oktober 1963 im schwäbischen Eßlingen geboren. Während eines vierjährigen USA-Aufenthalts studiert sie amerikanische Geschichte und Literatur und schließt mit einem Magister in amerikanischer Umwelt- und Frauengeschichte ab. Sie entdeckt ihre Liebe zu Hollywoodkino und Populärkultur, zu Trash, Camp und Star Trek. Ihr Mars im Skorpion prädestiniert sie zu einer Karriere im *hard boiled* Krimigeschäft. Sie arbeitet als Lektorin von Krimi-Reihen und widmet sich der Neuübersetzung von Altmeister Mickey Spillane. Kuppler glaubt, daß die Astrologie ein magisches Ordnungssystem der menschlichen Wesensarten ist, das heute durch laienpsychologische Deutungen völlig verwässert wird. Die passionierte Kampfsportlerin mit Blaugurt in Kung Fu und Gelbgurt in Karate lebt in Berlin-Mitte. Daß die nach eigenen Angaben typische Waage sich privat wie beruflich am liebsten mit Löwefrauen umgibt, schreibt sie einem abstrusen Winkelzug der Astrologie zu.